U0726816

○现代名家经典文库○

陆小曼作品精选

陆小曼 著

云南出版集团

云南人民出版社

图书在版编目（CIP）数据

陆小曼作品精选 / 陆小曼著. -- 昆明：云南人民
出版社，2021.1
　（现代名家经典文库）
　ISBN 978-7-222-14667-9

　Ⅰ.①陆… Ⅱ.①陆… Ⅲ.①中国文学—现代文学—
作品综合集 Ⅳ.①I216.2

中国版本图书馆CIP数据核字（2020）第238291号

项目策划：杨　森
责任编辑：韩　旭　陈　亚
装帧设计：何洁薇
责任校对：范晓芬
责任印制：李寒东

陆小曼作品精选

陆小曼　著

出版	云南出版集团　云南人民出版社
发行	云南人民出版社
社址	昆明市环城西路609号
邮编	650034
网址	www.ynpph.con.cn
E-mail	ynrms@sina.com
开本	710mm × 1000mm　1/16
印张	13.5
字数	150千
版次	2021年1月第1版第1次印刷
印刷	天津盛奥传媒印务有限公司
书号	ISBN 978-7-222-14667-9
定价	49.80元

如需购买图书、反馈意见，请与我社联系
总编室：0871-64109126　发行部：0871-64108507　审校部：0871-64164626　印制部：0871-64191534

云南人民出版社微信公众号

前　言

　　20世纪的中国文坛名家辈出，如群星璀璨。他们借着"诗界革命""文学革命"的推动，于"五四新文学革命"前后发轫，以白话文学为主导，以思想启蒙为目标，以现代思想观念为价值核心，奠定了至今一个多世纪的中国文学的主体形态。

　　在那样一个社会剧烈动荡、思想文化如狂飙突进的年代里，众多的文学名家展现出了无与伦比、令人惊叹的才情。说到"才"，主要指他们创作中的才华。中国白话文学创作在发端后的短短几十年时间里，诗歌、小说、散文、杂文、戏剧，几乎在每个文学领域和体裁中均有突破，均有足以传之后世的经典作品出现，而每一个领域又都涌现出了众多的代表性人物。说到"情"，文学前辈们对于国家、民族、民众的挚爱，或对于乡土、亲朋、爱人的眷恋，都通过他们的文字传神地表达出来。"才"和"情"的历史际遇性的统一，是20世纪文学历史上一个突出的特点，也是我们得以继承的宝贵的文学遗产和思想财富。

　　在人数众多的文坛名家群体里，我们选取了尤以才情著称的作家，精选他们的代表性作品编辑了"现代名家经典文库"丛书。首批选取了戴望舒、胡也频、林徽因、刘半农、庐隐、鲁彦、柔石、石评梅、苏曼殊、闻一多、萧红、徐志摩、许地山、郁达夫、郑振铎、朱湘、朱自清17位名家，此次又选取了鲁迅、胡适、周作人等多位名家。我们选取他们作为这套丛书的"主角"，不仅因为他们的过人才华在文坛上大放异彩，也因为他们每个人的经历和作品中都充满了耐人寻味的"情"的因素，使我们久久品读而不能忘怀。

这套丛书只能说是20世纪中国文学史的一个小小的侧面和缩影，因为篇幅的限制，所选取的也只能是每位名家的少量代表性作品，不免挂一漏万。同时，在保留原作品风貌的基础上，我们按照通行标准对原作的部分文字和标点符号进行了修订和统一，错漏之处敬请读者指正。

他们才华横溢，激情四射，
成为历史夜空中一颗颗璀璨的星辰；
那一个个令人久久不能忘记的名字，
让我们常常追忆那远去的才情年华……

编　者
2020年9月

陆小曼简介

　　陆小曼（1903—1965年），现代作家、画家、翻译家。江苏常州人，别名陆眉、小眉、小龙。

　　1909年，陆小曼随母亲至北京，就读于北京女子师范大学附属小学、北京圣心学堂。

　　1920年，陆小曼被北洋政府外交总长顾维钧聘用兼职担任外交翻译，开始在北京社交界闻名。

　　1922年，陆小曼与王赓结婚。

　　1924年，陆小曼结识徐志摩，并与之恋爱；翻译意大利戏剧《海市蜃楼》。

　　1925年，陆小曼与徐志摩进入热恋，与王赓离婚。

　　1926年，陆小曼与徐志摩订婚；10月与徐志摩结婚。婚后，陆小曼随徐志摩离开北京。

　　1928年，陆小曼与徐志摩合著的《卞昆冈》发行。

　　1929年，陆小曼与徐志摩一起接待印度著名诗人泰戈尔，并参与中国女子书画会的成立筹备工作。

　　1931年11月19日，徐志摩因飞机失事罹难去世。12月，陆小曼应邵洵美邀请，为徐志摩的遗作《云游》作序。

　　1936年，陆小曼整理编选的《爱眉小札》出版。同年，加入中国女子书画会。

1947年，陆小曼整理的徐志摩著作《西湖记》《眉轩琐语》《一本没有颜色的书》等出版。

1956年，陆小曼出任上海文史馆馆员。

1965年，陆小曼在上海华东医院逝世，享年62岁。

陆小曼是我国现代文坛一个具有相当文学造诣的知识女性，她创作的散文与日记直抒胸臆，坦率自然。她的小说，语言细腻，构思巧妙；她创作的戏剧空幻唯美，富有诗意。陆小曼的文学创作构成了中国现代文学的一个组成部分。郁达夫曾评价说："陆小曼是一位曾振动20世纪20年代中国文艺界的普罗米修斯。"

目 录

散 文

哭 摩 …………………………………………………………… 2

遗文编就答君心

——记《志摩全集》编排经过 …………………………… 8

致徐志摩书信四封 ………………………………………… 14

泰戈尔在我家做客

——兼忆志摩 …………………………………………… 22

《云游》序 …………………………………………………… 27

《爱眉小札》序（一） ……………………………………… 30

《爱眉小札》序（二） ……………………………………… 32

《志摩日记》序 ……………………………………………… 36

《徐志摩诗选》序 …………………………………………… 38

中秋夜感 …………………………………………………… 40

自述的几句话 ……………………………………………… 43

谈文房四宝 ………………………………………………… 45

我的照片 …………………………………………………… 48

随着日子往前走 …………………………………………… 50

灰色的生活 ·· 52

请看小兰芬的三天好戏 ······················· 53

马艳云 ·· 55

关于王赓 ·· 56

还是麻木一点好 ····································· 59

牡丹和绿叶 ··· 61

致胡适书信六封 ····································· 63

致《晶报》 ··· 72

致某作家 ·· 73

小曼日记 ·· 75

诗　歌

癸酉清明回硖扫墓有感 ···················· 118

秋　叶 ·· 119

无题诗两者 ··· 121

题画诗十首 ··· 123

小　说

皇家饭店 ·· 128

河伯娶妇 ·· 153

萤火虫 ·· 160

话　剧

卞昆冈 ·· 164

散　文

哭 摩

　　我深信世界上怕没有可以描写得出我现在心中如何悲痛的一支笔。不要说我自己这支轻易也不能动的一支。可是除此我更无可以泄我满怀伤怨的心的机会了，我希望摩的灵魂也来帮我一帮。苍天给我这一霹雳直打得我满身麻木得连哭都哭不出，浑身只是一阵阵地麻木。几日的昏沉直到今天才醒过来，知道你是真的与我永别了。摩！漫说是你，就怕是苍天也不能知道我现在心中是如何地疼痛，如何地悲伤！从前听人说起"心痛"，我老笑他们虚伪，我想人的心怎会觉得痛，这不过说说好听而已，谁知道我今天才真的尝着这一阵阵心中绞痛似的味儿了，你知道么？曾记得当初我只要稍有不适即有你声声在旁慰问，咳，如今我即使痛死也再没有你来低声下气的慰问了。摩，你是不是真的忍心永远的抛弃我了么？你从前不是说你我最后的呼吸也须要连在一起才不负你我相爱之情么？你为甚么不早些告诉你是要飞去呢？直到如今我还是不信你真的是飞了，我还是在这儿天天盼望着你回来陪我呢，你快点将未了的事情办一下，来同我一同去到云外去优游去吧，你不要一个人在外逍遥，忘记了闺中还有我等着呢！

　　这不是做梦么？生龙活虎似的你倒先我而去，留着一个病恹恹的我单独与这满是荆棘的前途来奋斗。志摩，这不是太惨了么？我还留恋些甚么？可是回头看看我那苍苍白发的老娘，我不由一阵阵只是心酸，也不敢再羡你的清闲爱你的优游了，我再哪有这勇气，去看她这个垂死的人，而与你双双飞

进这云天里去围绕着灿烂的明星跳跃，忘却人间有忧愁有痛苦，像只没有牵挂的梅花鸟。这类的清福怕我还没有缘去享受！我知道我在尘世间的罪还未满，尚有许多的痛苦与罪孽还等着我去忍受呢。我现在惟一的希望是你倘能在一个深沉的黑夜里，静静凄凄地放轻了脚步走到我枕边，给我些无声的私语，让我在梦魂中知道你！我的大大是回家来探望你那忘不了你的爱来了，那时间，我决不张皇！你不要慌，没有人会来惊扰我们的。多少你总得让我再见一见你那可爱的脸，我才有勇气往下过这寂寞的岁月。你来吧，摩！我在等着你呢。

事到如今我一点也不怨，怨谁好？恨谁好？你我五年的相聚只是幻影，不怪你忍心去，只怪我无福留，我是太薄命了，十年来受尽千般的精神痛苦，万样的心灵摧残，直将我这颗心打得破碎得不可收拾，到今天才真变了死灰的了，也再不会发出怎样的光彩了。好在人生刺激与柔情我也曾尝味，我也曾容忍过了。现在又受到了人生最可怕的死别。不死也不免是朵憔悴的花瓣，再见不着阳光晒也不见甘露漫了。从此我再不能知道世间有我的笑声了。

经过了许多的波折与艰难才达到了结合的日子，你我那时快乐直忘记了天有多高地有多厚，也忘记了世界上有忧愁二字，快活的日子过得与飞一般得快，谁知道不久我们又走进忧城。病魔不断地来缠着我，它带着一切的烦恼，许多的痛苦，那时间我身体上受到不可言语的沉痛，你精神上也无端地沉入忧闷，我知道你见我病身呻吟，转侧床第，你心坎里有说不出的怜惜，满肠中有无限的伤感。你虽慰我，我却无从使你再有安逸的日子，摩，你为我荒废了你的诗意，失却了你的文兴，受着一般人的笑骂，我也只是在旁默然自恨，再没有法子使你像从前的欢笑。谁知你不顾一切地还是成天安慰我，叫

我不要因为生些病就看得前途只是黑暗，有你永远在我身边不要再怕一切无谓的闲论。我就听着你静心平气的养，只盼着天可怜我们几年的奋斗，给我们一个安逸的将来。谁知道如今一切都是幻影，我们的梦再也不能实现了，早知有今日何必当初你用尽心血地将我抚养呢？让我前年病死了，不是痛快得多么？你常说天无绝人之路，守着好了，哪知天竟绝人如此，哪儿还有我可以平坦着走的道儿？这不是命么？还说甚么？摩，不是我到今天还在怨你，你爱我，你不该轻身，我为你坐飞机，吵闹不知几次，你还是忘了我的一切的叮咛，瞒着我独自地飞上天去了。

完了，完了，从此我再听不见你那叽咕小语了，我心里的悲痛你知道么？我的破碎的心留着等你来补呢，你知道么？唉，你的灵魂也有时归来见我么？那天晚上我在朦胧中见着你往我身边跑，只是那一霎眼就不见了，等我跳着、叫着你，再也不见一些模糊的影子了。咳，你叫我从此怎样度此孤单的日月呢？真是叫天天不应，叫地地不响，苍天如何给我这样残酷的刑罚呢！从此我再不信有天道，有人心，我恨这世界，我恨天，恨地，我一切都恨，我恨他们为甚么抢了我的你去，生生的将我们两颗碰在一起的心离了开去，从此叫我无处去摸我那一半热血未干的心。你看，我这一半还是不断流着鲜红的血，流得满身只成了个血人，这伤痕除了那一半的心血来补，还有甚么法子不叫她不滴滴地直流呢？痛死了有谁知道，终有一天流完了血自己就枯萎了。若是有时候你清风一阵的吹回来见着我成天为你滴血的一颗心，不知道又要如何的怜惜如何的张皇呢！我知道你又看直着两个小猫似眼珠儿乱叫乱叫着，我希望你叫高声些，让我好听得见，你知道我现在只是一阵阵糊涂，有时人家大声地叫着我，我还是东张西望不知道声音是何处来

的呢。大大，若是我正在接近着梦边，你也不要怕扰了我梦魂像平常似的不敢惊动我，你知道我再不会骂你了，就是你扰我不睡我也不敢再怨了，因为我只要再能得到你一次的扰，我就可以责问他们因何骗我说你不再回来，让他们看看我的摩还是丢不了我，乖乖的又回来陪伴着我了，这一回我可一定紧紧的搂抱你再不能叫你飞出我的怀抱了。天呀！可怜我，再让你回来一次罢！我没有得罪你，为甚么罚我呢？摩！我这儿叫你呢，我喉咙里叫得直要冒血了，你难道还没有听见么？直叫到铁树开花，枯木发声，我还是忍心等着，你一天不回来，我一天的叫，等着我哪天没有了气我才甘心地丢开这惟一的希望。

你这一走不单是碎了我的心，也收了不少朋友伤感的痛泪。这一下真使我们感觉到人世的可怕，世道的险恶，没有多少日子竟会将一个最纯白最天真不可多见的人收了去，与人世永诀。在你也许到了天堂，在那儿还一样过你的欢乐日子，可是你将我从此就断送了。你从前不是说要我清风似的常在你的左右么？好，现在倒是你先化着一阵清风飞去天边了，我盼你有时也吹回来帮着我做些未了的事情，只要是你有耐心的话，最好是等着我将人世的事办完了同着你一同化风飞去，让朋友们永远只听见我们的风声而不见我们的人影，在黑暗里我们好永远逍遥自由的飞舞。

我真不明白你我在佛经上是怎样一种因果，既有缘相聚又因何中途分散，难道说这也有一定的定数么？记得我在北平的时候，那时还没有认识你，我是成天地过着那忍泪假笑的生活。我对人老含着一片至诚纯白的心而结果反遭不少人的讥诮，竟可以说没有一个人能明白我，能看透我的。一个人遭着不可言语的痛苦，当然地不由得生出厌世之心，所以我一天天地只是藏起了我的真实的心而拿一个虚伪的心来对付这混浊

的社会，也不再希望有人来能真真地认识我明白我，甘心愿意从此自相摧残地快快了此残生。谁知道就在那时候会遇见了你，真如同在黑暗见着了一线光明，遂死的人又兑了一口气，生命从此转了一个方向。摩摩，你的明白我，真可算是透彻极了，你好像是成天钻在我的心房里似的，直到现在还只是你一个人是真还懂得我的。我记得我每遭人辱骂的时候你老是百般的安慰我，使我不得不对你生出一种不可言喻的感觉。我老说，有你，我还怕谁骂，你也常说，只要我明白你，你的人是我一个人的，你又为甚么要去顾虑别人的批评呢？所以我哪怕成天受着病魔的缠绕也再不敢有所怨恨的了。我只是对你满心的歉意，因为我们理想中的生活全被我的病魔来打破，连累着你成天也过那愁闷的日子。可是二年来我从来未见你有一些怨恨，也不见你因此对我稍有冷淡之意。也难怪文伯要说，你对我的爱是complete and true的了，我只怨我真是无以对你，这，我只好报之于将来了。

我现在不顾一切往着这满是荆棘的道路上去走，去寻一点真实的发展，你不是常怨我跟你几年没有受着一些你的诗意的陶熔么？我也实在惭愧，真也辜负你一片至诚的心了，我本来一百个放心，以为有你永久在我身边，还怕将来没有一个成功么？谁知现在我只得独自奋斗，再不能得你一些相助了，可是我若能单独撞出一条光明的大路也不负你爱我的心了，愿你的灵魂在冥冥中给我一点勇气，让我在这生命的道上不感受到孤立的恐慌。我现在很决心的答应你从此再不张着眼睛做梦躺在床上乱讲，病魔也得最后与它决斗一下，不是它生便是我倒，我一定做一个你一向希望我所能成的一种人。我决心做人，我决心做一点认真的事业，虽然我头顶只见乌云，地下满是黑影，可是我还记得你常说"受苦的人没有悲观

的权力"。一个人决不能让悲观的慢性病侵蚀人的精神，让厌世的恶质染黑人的血液。我此后决不再病（你非暗中保护不可），我只叫我的心从此麻木，不再问世间有恋情，人们有欢娱。我早打发我心，我的灵魂去追随你的左右，像一朵水莲花拥扶着你往白云深处去缭绕，决不回头偷看尘间的作为，留下了我的躯壳同生命来奋斗。到战胜的那一天，我盼你带着悠悠的乐声从一团彩云里脚踏莲花瓣来接我同去永久地相守，过吾们理想中的岁月。

　　一转眼，你已经离开了我一个多月了，在这段时间我也不知道是怎样过来的，朋友们跑来安慰我，我也不知道是说甚么好。虽然决心不生病，谁知一直到现在它也没有离开过我一天。摩摩，我虽然下了天大的决心，想与你争一口气，可是叫我怎生受得了每天每时的悲念你时的一阵阵的心肺的绞痛。到现在有时想哭，眼泪干得流不出一点；要叫，喉中疼得发不出声。虽然他们成天的逼我一碗碗的苦水，也难以补得了我心头的悲痛，怕的是我恹恹的病体再受不了那岁月的摧残。我的爱，你叫我怎么忍受没有你在我身边的孤单。你那幽默的灵魂为甚么这些口也不给我一些声响？我晚间有时也叫他们走开，房间不让有一点声音，盼你在人静时给我一些声响，叫我知道你的灵魂是常常环绕着我，也好叫我在茫茫前途感觉到一点生趣，不然怕死也难以支持下去了。摩！大大！求你显一显灵罢，你难道忍心真的从此不再同我说一句话了么？不要这样的苛酷了罢！你看，我这孤单的人影从此怎样地去撞这艰难的世界？难道你看了不心痛么？你爱我的心还存在么？你为甚么不响？大！你真的不响了么？

本文作于一九三二年

遗文编就答君心

——记《志摩全集》编排经过

我想不到在"百花齐放"的今天，会有一朵已经死了二十余年的"死花"再度复活，从枯萎中又放出它以往的灿烂光辉，让人们重见到那朵一直在怀念中的旧花的风姿。这不仅是我意想不到的，恐怕有许多人也想不到的，所以我拿起笔来写这篇文章的时候，连我自己都不知自己心中是甚么味儿，又是欢欣，又是愧恨。我高兴的是盼望了二十多年的事情，今天居然实现了。我首先要感谢共产党！若是没有毛主席提出了百花齐放、百家争鸣的方针，恐怕这朵被人们遗忘的异花，还是埋葬在泥土下呢！

这些年来，每天缠绕在我心头的，只是这件事。几次重病中，我老是希望快点好——我要活，我只是希望未死前能再看到他的作品出版，可以永远的在世界上流传下去。这是他一生的心血，他的灵魂，决不能让它永远泯灭！我怀着这个愿望活着，每天在盼望它的复活。今天居然达到了我的目的，在极度欢欣与感慰下，没有任何一个字可以代表我内心的狂欢。可是在欢欣中我还忘不了愧恨，恨我没有能力使它早一点复活。我没有好好的尽职，这是我心上永远不能忘记的遗憾。

照理来说，他已经去世了整整二十六年了，他的书早

就该出的了，怎会一直拖延到今天呢？说来话长。在他遇难后，我一直病倒在床上有一年多。在这个时间，昏昏沉沉，甚么也没有想到。病好以后，赵家璧来同我商议出版全集的事，我当然是十分高兴，不过他的著作，除了已经出版的书籍，还有不少散留在各杂志及刊物上，需要到各方面去收集。这不是简单的事，幸而家璧帮助我收集，许多时候才算完全编好，一共是十本。当时我就与商务印书馆订了合同，一大包稿子全部交出。等到他们编排好，来信问我要不要自己校对的时候，我记得很清楚，抗战已经快要开始了。我又是卧病在床，他们接到我的回信后，就派人来同我接洽，我还是在病床上与他们接洽的罢！我答应病起后立刻就去馆看排样。可是没有几天，我在床上就听得炮弹在我的房顶上飞来飞去。"八一三"战争在上海开始了。

我那时倒不怕头上飞过的炮弹，我只是怕志摩的全集会不会因此而停止出版。那时上海的人们都是在极度紧张的情况下，一天天的过去，我又是在床一病三月多不能起身，我也只能干着急，一点办法也没有。一直到我病好，中国军队已从上海撤退。再去"商务"问信，他们已经预备迁走，一切都在纷乱的状态下，也谈不到出版书的问题了。他们只是答应我，一有安定的地方是会出的。我怀着一颗沉重的心回到家里，前途一片渺茫，志摩的全集初度投入了厄运，我的心情也从此浸入了忧然中。除了与病魔为伴，就是成大在烟云中过着暗灰色的生活。一年年过去，从此与"商务"失去了联系。

好容易八年的岁月终算度过，胜利来到，我又一度的兴奋，心想这回一定有希望了。我等到他们迁回时，怀着希望，跑到商务印书馆去询问，几次的奔跑，好容易寻到一个熟人，才知道他们当时匆匆忙忙撤退的时候是先到香港，再转重

庆。在抗战时候，忙着出版抗战刊物，所以就没有想到志摩的书，现在虽然迁回，可是以前的稿子，有许多连他们自己人都不知道在甚么地方。志摩的稿子，可能在香港，也可能在重庆，要查起来才能知道这一包稿子是否还存在。八九年来所盼望的只是得到这样一个回答，我走出"商务"的门口，连方向都摸不清楚了，自己要走到甚么地方去都不知道了；我说不出当时的情绪，我不知道想甚么好！我怨谁？我恨谁？我简直没有法子形容我那时的心情，我向谁去诉我心中的怨愤？在绝望中，我只好再存一线希望——就是希望将来还是能够找到他的原稿，因为若是全部遗失，我是再没有办法来收集了，因为我家里已经甚么也没有了。

那时我心里只是怕，怕他的作品从此全部遗失，可是我又有甚么办法呢？除了多次的催问，那些办事的人又是那样不负责任，你推我，我推你，有时我简直气得要发疯，恨不得打人。最后我知道朱经农当了"商务"的经理，我就去找他，他是志摩的老朋友。总算他尽了力，不久就给我一封信，说现在已经查出来，志摩的稿子并没有遗失，还在香港，他一定设法在短时期内去找回来。这一下我总算稍微得到一点安慰，事情还是有希望的，不过这时已经是胜利后的第三年了。我三年奔走的结果，算是得到了一个确定的答复。这时候，除了耐心的等待，只有再等待，催问也是没有用的。所以我平心静气的坐在家里老等——等——等。一月一月的过去还是没有消息，我也不知道为甚么这样的慢，我急在心里；他们慢，我又能甚么办法？

谁知道等来等去，书的消息没有，解放的消息倒来了。当然上海有一个时期的混乱，我这时候只有对着苍天苦笑！用不着说了，志摩的稿子是绝对不会再存在的了，一切都绝望

了！我还能去问谁？连问的门都摸不着了。

一九五〇年我又大病一场，在床上整整睡了一年多。在病中，我一想起志摩生前为新诗创作所费的心血，为了新文艺奋斗的努力，有时一直写到深夜，绞尽脑汁，要是得到一两句好的新诗，就高兴得像小孩子一样的立刻拿来我看，娓娓不倦的讲给我听，这种情形一幕幕的在我眼前飞舞，而现在他的全部精灵蓄积的稿子都不见了，恐怕从此以后，这世界不会再有他的作品出现了。想到这些，更增加我的病情，我消极到没法自解，可以说，从此变成了一个傻瓜，甚么思想也没有了。

呆头木脑的一直到一九五四年春天，在一片黑沉的云雾里又闪出了一缕光亮。我忽然接到北京"商务"来的一封信，说志摩全集稿子已经寻到了，因为不合时代性，所以暂时不能出版，只好同我取消合同，稿子可以送还我。这意想不到的收获使我高兴得一句话也说不出，心里不断的念着：还是共产党好，还是共产党好！我这一份感谢的诚意是衷心激发出来的。回想在抗战胜利后的四年中，我奔来奔去，费了许多力也没有得到一个答复，而现在不费一点力，就得到了全部的稿子同版型，只有共产党领导，事情才能办得这样认真，我知道，只要稿子还在，慢慢的一定会有出版机会。我相信共产党不会埋没任何一种有代表性的文艺作品的。一定还有希望的，这一回一定不会让我再失望的，我就再等待罢！

果然，今天我得到了诗选出版的消息！不但使我狂喜，志摩的灵魂一定更感快慰，从此他可以安心的长眠于地下了。诗集能出版，慢慢的散文、小说等，一定也可以一本本的出版了。本来嘛，像他那样的艺术结晶品是决不会永远被忽视的，只有时间的迟早而已。他的诗，可以说，很早就有了一种独特的风格，每一首诗里都含有活的灵感。他是一直在大

自然里寻找他的理想的，他的本人就是一片天真浑厚，所以他写的时候也是拿他的理想美景放在诗里，因此他的诗句往往有一种天然的韵味。有人说，他擅写抒情诗，是的，那时他还年轻，从国外回来的时候，他是一直在寻求他理想的爱情，在失败时就写下了许多如怨如诉的诗篇；成功时又凑了些活泼天真、满纸愉快的新鲜句子，所以显得有不同的情调。

说起来，志摩真是一个不大幸运的青年，自从我认识他之后，我就没有看到他真正的快乐过多少时候。那时他不满现实，他也是一个爱国的青年，可是看到周围种种黑暗的情况（在他许多散文中可以看到他当时的性情），他就一切不问不闻，专心致志在爱情里面，他想在恋爱中寻找真正的快乐。说起来也怪惨的，他所寻找了许多时候的"理想的快乐"，也只不过像昙花一现，在短短的一个时期中就消灭了。这是时代和环境所造成的，我同他遭受了同样的命运。我们的理想快乐生活也只是在婚后实现了一个很短的时期，其间的因素，他从来不谈，我也从来不说，只有我们二人互相了解，其余是没有人能明白的。我记得很清楚，有时他在十分烦闷的情况下，常常同我谈起中外的成名诗人的遭遇。他认为诗人中间很少寻得出一个圆满快乐的人，有的甚至于一生不得志。他平生最崇拜英国的雪莱，尤其奇怪的是他一天到晚羡慕他覆舟的死况。他说："我希望我将来能得到他那样刹那的解脱，让后世人谈起就寄予无限的同情与悲悯。"他的这种议论无形中给我一种对飞机的恐惧心，所以我一直不许他坐飞机，谁知道他终于还是瞒了我愉快的去坐飞机而丧失了生命。这真是一件不可思议的事。

今天的新诗坛又繁荣起来了，不由我又怀念志摩，他若是看到这种情形，不知道要快活得怎样呢！我相信他如果活到

现在，一定又能创造一个新的风格来配合时代的需要，他一定又能大量的产生新作品。他的死不能不说是诗坛的大损失，这种遗憾是永远没法弥补的了。

想起就痛心，所以在他死后我就一直没有开心过，新诗我也不看□，不看杂志，好像在他死后有一个时期新诗的光芒也随着他的死减灭了许多似的，也许是我不留心外面的情形，可是，至少在我心里，新诗好像是随着志摩走了。一直到最近《诗刊》第一期□，我才知道近年来新诗十分繁荣，我细细的一首一句的拜读，我认识了许多新人，新的创作，新的□□，我真是太高兴了，志摩生前就无时无刻不为新诗的发展努力，他每次见到人家拿了一首新诗给他看，他总是喜气气的鼓励人家，请求人家多写，他恨不能每个人都跟着他写。他还老在我耳边烦不清楚，叫我写诗，他说："你做了个诗人的太太而不会写诗多笑话。"可是我□个笨货，老学不会。为此他还常生气，说我有意不肯好好的学。那时我若是知道他要早死，我也定好好的学习，到今天我也许可以变为一个女诗人了。可是现在太晚了，后悔又有甚么用呢？

一九五七年二月，上海

致徐志摩书信四封

一

　　前天晚上我亦不知怎样写的那封信，我真是没有心的人了，我心里为难，我亦不管你受得受不得，我竟糊里糊涂的写了那封信，我这才受悔呢，还来得及么？你骂我亦好，怨我亦该，我没有再说话的权了，我忍心么？我爱！你是不会怨我的，亦决不骂我，我知道的！可是，我自己明白了自己的错，比你骂我还难受呢！我现在已拿回那信了，你饶我罢，忘记了那封被一时情感激出来的满无诚意的信罢！实在是因为我那天晚上叫娘哭得我心灰意懒的，仿佛我那时间犯了多大的罪似的，恨不能在上帝前洗了我的罪，立刻死去。现在我再亦不信我会写那样的信给你了的呀，（只爱你）就算是你疑我，我亦不怨你，不过摩呀，我的心——你相信我爱你的诚心，你要我用笔形容出去，是十支笔都写不出来的，摩呀！你要是亦疑心我或是想我是个□□□□。那我真连死都没有清白的路了，摩呀，今天先生说些话，使我心痛的利害，咳，难道说我这几个朋友还疑心我，还看不起我么？可是我近来自己亦好怕我自己，我不如先的活了，有时我竟觉着我心冷的如死一样。对于无论何事都没有希望，只想每天胡乱的过去，精乏力尽后倒床就睡，我前个的样子又慢慢的回来了，我自己的本性又渐的躲起来了，他人所见的我——不是我本来的我了，摩呀——我本来的我，恐怕只有你一个能得到——享受，或是永不再见人。前天下午你走的时候我心里乱极了，我要你——

近我——近了我——又怕娘见着骂——你走了，我心如失，摩呀。

I have you alone, you can never doubt me any more, if you do I will kill myself. The last few days, my mind was so confused that I did. I know what I was doing. I want you near me, yet when you were near, I always get nervous. As for other friend, they are merely friends, they are quite different. We gee was wrong in saying that, I do not blame him for he don't understand me at all. I treat H.H as a brother careful, I don't think he can rape me, Mother is still going with me. I really don't know what will happen where we go to Shanghai. You better not come to see me the station, as soon as I arrive Shanghai, I will try to let you know the best ways is try to pretend to be a fiend of fore day's so we can be more convenient.

Darling, we can write each other always, suppose if we can be together always when I go to Shanghai, don't be Grosse and unhappy, only remember I am always with you.

Today is father's birthday, everybody has gone now, nearly three o'clock, only □先生、H. H、三舅母、二太太 are still plying or do.I am here writing to you, but I am tired to death, I wrote in such haste because I want you to be happy believe me. I love you going ask to send this letter for me. Trust your poor miserable, she is always yours.

I promised him to be a loving sister to him always and beside he knows we love each other, he understand me, he is treating me quite right only he comes too often as to start people suspicious. But when he gets jobs he will be busy. All these are small affairs. You mustn't ever thinking otherwise. Do you think I am coquette？ Told you to pr-

epare for the worst will be my death nothing more. If l can't get myself free, I will die for you, dearest, oh Mon., the last two nights, I have been crying for you, don't you know? How could say that your absence may make me happier, oh! Your heart less boy, if you know how I pass these days, you would have fitted me, I am sure. Yesterday I al-most died 梦绿 got so frightened that she want to call mother back. I was smiling and talking as usually, but my heart was cutting. They understand me, they tried to cheer me. 老张 united me to Peking Hotel, on the roof. Oh! Dear me. Awful moonlight. Thinking you left on moon full day again. It seems as we can never be "fulfil" at all, Since we love each other we have never spend 15th together. The other night in all my mind was so confused oh daring I would if you could ever forgive for what I have done. Oh! If we could only be alone, free, under the moon light, then you will see a different mignon too. Dari-ng, I was so frightened, so nervous, jumping up for anything. Oh! If I having on like this, I am sure I will go mad.

I missed you terribly. Darling, Mon., oh! Mon. don't you hear me calling you? I love you so, yet I can't break mother's heart. Just image my feelings. Do you think I could sacrifice you? My hope! But whenever mother pray me and crying, I always get more and th-ink of sacrificing ever think even my own life. There are reasons. 1st, Dr Klieg told me mother has only few years to live, she may died at any moment for one of her lungs is always dried. It hurt me so much to hear this, I want to please and very duty to her during her short days. Otherwise I will regret afterwards. No, I don't regret I how loved you so much, I only beat myself to bring unhappiness to you. But remembers! Darling, I will always suffer with you. Now

dear! Be patient, the thing will turn out sooner or larder, only love me and trust me I will always be yours and yours forever. During my contused moment I may say unreasonable saying, don't ever believe it, wait for me darling, if I couldn't be yours in name, I am your in name of however. Help me to be a good girl dearest, help me to be dutiful daughter. I will promise you to change myself.

I will see no friends, acept not waitation if you wish, I will do any thing, will promise anything, if you promise to take good care of yourself, put yourself to work and wait for Heaven's callings. Some day God will pity us. As for staying with greedy, that I can promise you, dear, I will be.

　　我只有你①，你再也不要怀疑我。如果你怀疑，我会杀了我自己。前些天，我心乱如麻，就像我表现出的那样。我知道自己在干什么。我想要你亲近我，但当你真这么做了，我又慌乱不安。至于其他朋友，他们仅限于朋友而已，他们跟你是完全不同的。魏说的是不对的，我不怪他，因为他根本不了解我。H.H对我来说就像一个细心的哥哥，但我依然心存戒备，我想他不会对我施暴。母亲依然陪伴在我左右。我真不知道我们到了上海会遇到什么情况。我一到上海，你最好不要来车站接我，我想让你明白，现在最好的办法就是佯装一个故友，这样我们才能更方便些。

　　亲爱的！我们可以常常互相通信。我在上海时或许我们还能常常一起，不要反感或不快。只要记住，我的心永远和你在一起。

　　今天是父亲的生日，现在大概是三点钟左右，大家都走

————————————
① 此部分文字为编者根据英文稿本的翻译。

了，只有X先生、HH、三舅母和三太太仍然在玩或做事情。而我在给你写信，但我好累，我写得匆忙是想让你高兴。相信我，我永远爱你，爱你到死。他们即将为我送信去了。请相信你可怜的小东西，她永远爱你。

我答应他要永远做他的一个可爱的妹妹，但他清楚我们是相爱的。他了解我，对我也很正常，只是他来得如此频繁以至于引起别人猜疑；但如果他有一份工作，他就会没时间了。所有这些都是小事情，你不必老是放在心上；否则你会把我想成一个轻佻的女子！你做好最坏的准备，最坏的也就是我死了。如果我不能自由，那我愿意为你而死。最亲爱的！啊！摩！知道吗？前两天晚上我为你哭红了眼。你怎么能说你以后不可能再开心了呢？啊！你这没良心的，如果你知道这几天我是怎么度过的，我敢肯定，你会可怜我的。昨天，我跟死了没两样，把梦绿吓坏了，急得要把母亲叫回。我微笑着谈吐如常，但我的心如刀绞。他们看在眼里，试图让我开心起来，老张拉我去北京饭店的顶层，啊！天啊！那讨人厌的月光。它让我想起你在月圆之时的再次离开，我们似乎永远不可能"达到目的"了。自打我们相爱以来，从未一起度过中秋，而其他日子的晚上，心又是那么烦闷。啊！亲爱的！但愿你能原谅我所做的一切。啊！如果我们能在这样的月光下自在独处，你将看到一个完全不同的小姑娘。亲爱的，我如此地惊恐与不安，一点小事就能让我惊吓地跳起。啊！再这样下去，我一定会疯的。

我好怕失去你，亲爱的，摩，啊！摩！能听到我的呼唤吗？我好爱你；但我不能伤了母亲的心。请换位思考一下我的感情，你觉得我能没有你么？你是我的梦想。但当母亲哭着求我，理由是：克利医生告诉我，母亲活不了几年了，她随时可

能死去，因为她的一叶肺已经干涸。听到这个消息我真的很伤心，我想在她短暂的日子里让她开心，而且我要很本分，否则我会抱憾终身。不！我不遗憾，我是多么爱你。我只能欺骗我自己，我不能给你幸福。但亲爱的你要记住，我愿意永远和你同甘共苦。现在，亲爱的，我们要忍耐，终会有转机的，只有你依然爱我并相信我，我永远属于你。当我心烦意乱时，我可能说了过分的话，请你不要相信。等着我，亲爱的，如果我不能在名义上属于你，那之于任何名义而言，我都可以属于你。我最亲爱的，请帮助我做一个好女孩，一个尽责的女儿。我愿为你改变自己。如果你不想我见朋友，我会毫不犹豫地接受，不再见他们。为你我甘愿做任何事情，我愿答应你任何事情，如果你也答应我保重自己，把精力投入到工作上，并等待上天安排。终有一天，上帝会怜悯我们的。至于等待心情急切，我也答应你，亲爱的，我会的。

二

摩：

顷接信，袍子是娘亲手放于箱中，在最上面。想是又被人偷去了。家中是都已寻到，一件也没有。你也须察看一下问一问才是，不要只说家中人乱，须知你比谁都乱呢。现在家中也没有甚么衣服了，你东放两件西放两件，你还是自己记记清，不要到时来怪旁人。我是自幼不会理家的，家里也一向没有干净过，可是倒也不见得怎样住不惯。像我这样的太太要能同胡太太那样能料理老爷是恐怕有些难罢，天下实在很难有完美的事呢。

玉器少带两件也好，你看着办罢。

现在我有一事求你，龙龙（我的大侄儿）今夏在大同中学毕业了，实因家贫再没有能进大学的力量了，可是孩子自己十分的好学，上海大学是跟不起，北京一年也须三四百元，可否能请你在北京无论哪处报馆或其他晚间做工的地方给他寻寻小事，（三四十元）让他日读夜工，以成其志，不知此事能办否？请速进行，早复回音为盼。

既无钱回家何必拼命呢，飞机还是不坐为好。北京人多朋友多，玩处多，当然爱住；上海房子小又乱，地方又下流，人又不可取，还有何可留恋呢！来去请便罢，浊地本留不得雅士，夫复何言！此请暑安。

三

爱夫：

秋雨连绵，闺中人平添不少惆怅，国事又如斯，南北相隔数日未得音问，真闷死矣。虽然吾夫客中相慰有人，然车若中断，交通不便，又须多待归期，何如，何如！

近日不知何故心神不快之至，终日无事可博我一笑。前数日因近代名人展览约我出画，故连画三张，彼等不问竟将我名列入现代名人之中，彼等作品皆数年苦功得来，我是初出茅庐之人，真令我羞煞矣。又加一月来破月经事，使我每日精神疲乏，提笔即头痛眼酸，故甚少习练，今日才觉人生健康为最要紧之事矣。惜我连年多病，至今尚不能见天日，每念及我运途之不幸，令我恨不能速寻归路。

昨日去一品香访吴，彼因家中病人故避了旅舍，长谈三小时，回来已深夜，故未修书，虞裳可恶，屡次去催不见送钱来，你名下不知尚有多少。我这月中用钱又甚多，看病，药引

数日无，又因过节时多用了二百金，今不能补，尚有志七款虽未付去，然彼因无钱买衣，小鹅等又不能付，故在我处取去五十元，若长此穷困，不知如何是好！百里处家如何？你可早回否？

天津出事北京不妨否？令我急煞，你不早来。近日甚少接家书，想必是侍候她人格外忙了，故盼行动少自尊重，勿叫人取笑为是。

如果多写家书则幸甚，车如何？最少也须一百零七两一修，盼即覆，好动工。回来时好坐，无车甚感不便。明日而口。

十一月十一日

四

摩：

你来不来，今天还不见来电，我看事情是非你回来不成，你不是为钱，多坐回火车罢。况且这种钱不伤风化的，少蝶不也是如此起家的吗？摩，你不要乱想，来罢。大雨信转交，我到现在才覆。也许此信不达你了。

泰戈尔在我家做客

——兼忆志摩

"回忆"！这两个字早就在我脑子里失去了意义，二十年前，我就将"回忆"丢在九霄云外去了！我不想回忆，不要回忆，不管以前所遭遇到的是甚么味儿，甜的也好，悲的也好，乐的也好，早就跟着志摩一块儿消失了，我脑子里早就甚么都没有，只有一片空虚。甚么是喜，甚么是悲，我都感觉不清楚，我已是一个失去灵魂的木头人了。我一直是闭门家中坐，每天消磨在烟云围绕的病魔中。日历对我是一点用处都没有的，我从来也不看看今天是几号或是礼拜几，对我来说任何一个日子都是一样的，天亮而睡，月上初醒，白天黑夜跟我也是一点关系也没有，我只迷迷糊糊地随着日子向前去，决不回头。想一想，二十几年来，一直是如此的。最近从子叫我为《文艺月刊》写一篇回忆志摩的小文，这一下不由我又从麻醉了多年的脑子里来找寻一点旧事，我倒不是想不起来，我是怕想！想起来就要神经不定，卧睡不宁，过去的愉快就是今日的悲哀。他的一举一动又要活跃在我眼前，我真不知从何说起！

志摩是个对朋友最热情的人，所以他的朋友很多，我家是常常座上客满的，连外国朋友都跟他亲善，如英国的哈代、狄更生、迦耐脱。尤其是我们那位印度的老诗人泰戈尔

（Rabindranath Tagore），同他的感情更为深厚。从泰戈尔初次来华，他们就定下了深交（那时我同志摩还不相识）。老头子的讲演都是志摩翻译的，并且还翻了许多诗。在北京他们是怎样在一块儿盘桓，我不大清楚。后来老诗人走后不久，我同志摩认识了，可是因为环境的关系，使我们不能继续交往，所以他又一次出国去。他去的目的就是想去看看老诗人，诉一诉他心里累积的愁闷，准备见着时就将我们的情形告诉他。后来因为我患重病，把志摩从欧洲请了回来，没有见到。但当老诗人听到了我们两人的情况，非常赞成，立刻劝他继续为恋爱奋斗，不要气馁。我们结婚后，老诗人一直来信说要来看看我。事前他来信说，这次的拜访只是来看我们两人，他不要像上次在北京时那样大家都知道，到处去演讲。他要静悄悄地在家住几天，做一个朋友的私访。大家谈谈家常，亲亲热热的像一家人，愈随便愈好。虽然他是这样讲，可是志摩就大动脑筋了。对印度人的生活习惯，我是一点都不知道，叫我怎样招待？准备些甚么呢？志摩当然比我知道得多，他就动手将我们的三楼布置成一个印度式房间，里边一切都模仿印度的风格，费了许多心血。我看看倒是别有风趣，很觉好坑。忙了好些天，总算把他盼来了。

那天船到码头，他真的是简单得很，只带了一位秘书叫Chanda，是一个年轻小伙子，我们只好把他领到旅馆里去开了一个房间，因为那间印度式房间只可以住一个人。谁知这位老诗人对我们费了许多时间准备的房间倒并不喜欢，反而对我们的卧室有了好感。他说："我爱这间饶有东方风味、古色古香的房间，让我睡在这一间吧！"真有趣！他是那样的自然，和蔼，一片慈爱地抚着我的头管我叫小孩子。他对我特别有好感，我也觉得他那一头长长的白发拂在两边，一对大眼睛晶光

闪闪的含着无限的热忱对我看着，真使我感到一种说不出的温暖。他的声音又是那样好听，英语讲得婉转流利，我们三人常常谈到深夜不忍分开。

虽然我们相聚了只有短短两三天，可是在这个时间，我听到了许多不易听到的东西，尤其是英语的进步是不可以计算了。他的生活很简单，睡得晚，起得早，不愿出去玩，爱坐下清谈，有时同志摩谈起诗来，可以谈几个钟头。他还常常把他的诗篇读给我听，那一种音调，虽不是朗诵，可是那低声的喃喃吟唱，更是动人，听得你好像连自己的人都走进了他的诗里边去了，可以忘记一切，忘记世界上还有我。那一种情景，真使人难以忘怀，至今想起还有些神往，比两个爱人喁喁情话的味儿还要好得多呢！

在这几天中，志摩同我的全副精神都融化在他一个人身上了。这也是我们婚后最快活的几天。泰戈尔对待我俩像自己的儿女一样地宠爱。有一次，他带我们去赴一个他们同乡人请他的晚餐，都是印度人。他介绍我们给他的乡亲们，却说是他的儿子媳妇，真有意思！在这点上可以看出他对志摩是多么喜爱。说到这儿，我又想起一件事不妨提一提，就是在一九四九年，我接到一封信，是泰戈尔的孙子写来的，他管我叫Cmtie，他在北大留学，研究中文，他说他寻了我许久，好不容易才寻到我的地方，他说他祖父已经死了，他要我给他几本志摩的诗、散文，他们的图书馆预备拿它翻译成印度文。可巧那时我在生重病，家里人没有拿这封信给我看，一直到一九五〇年我才看到这封信，再去信北大，他已经离开了，从此失去联系。我是非常抱恨，以后还想设法来寻找他。从这一点也可以证明泰戈尔的家里人都拿志摩当作他们自己人一样关心，朋友的感情有时可以胜过亲生的骨肉，志摩这位寄父对

他的爱护真比自己的父亲还要深厚得多，所以在泰戈尔离开我们到美国去的时候，他们二人都是十分地伤感，在码头上昂着头看到他老人家倚在甲板的栏杆上，对着我们噙着眼泪挥手的时候，我的心一阵阵直泛酸！恨不能抱着志摩痛哭一场！可是转脸看到我边儿上的摩，脸色更比我难看，苍白的脸，瘪着嘴，咬紧牙，含着满腔的热泪，不敢往下落，他也在强忍着呢！我再一哭，他更要忍不住了。离别的味儿我这才尝到。在归途中，志摩只是闷着头一言不发，好几天都没有见着他那自然天真的笑容。过了一时，忽然接到老头子来信，说在美国受到了侮辱，所以预备立刻回到印度去了，看他的语气是非常之愤怒。志摩接到信，就急得坐立不安，恨不能立刻飞到他的身旁。所以在他死前不久，他又到印度去过一次，这是他们最后一次的会面。他在印度的时候大受当地人的欢迎，报上也时常有赞扬他的文章，同他自己写的诗歌，他还带回来给我看呢！他在泰戈尔的家里住了没有多久，因为生活不大习惯，那儿的蛇和壁虎实在太多，睡在床上它们都会爬上来的，虽然不伤人，可是看到这种情形也并不好受，讲起来都有点儿余悸呢！他回来后老是闷闷不乐，对老头子受辱的事是悲愤到极点，恨透美国人的蛮无情理，轻视诗人，同我一谈起就气得满脸飞红，凸出了大眼睛乱骂。我是不大看见志摩骂人的，因为他平时对任何人都是笑容满面一团和气的，谁若是心里有气，只要看到他那天真活泼的笑脸，再加上几句笑话，准保你的怒气立刻就会消失，可是那一个时期他是一直沉默寡言，我知道他心里有说不出的愤怒在煎熬着他呢！不久他遭母丧，他对他母亲的爱是比家里一切人要深厚，在丧中本来已经十二分地伤心了，再加上家庭中又起了纠纷，使他痛上加痛，每天晚上老是一声不响地在屋子里来回地转圈子，气得脸上铁青，

一阵阵地胃气痛，这种情况至今想起还清清楚楚地在我眼前转。封建家庭的无情、无理，真是害死人，我也不愿意再细讲了。总而言之，志摩在死前的一年中，他的身心是一直沉湎在不愉快的环境中，他的内心有说不出的苦，所以他本来只预备在北大教一学期书，后来却决定在年假时我也一同搬去，预备合居了。谁知道在十一月中，在他突然飞回来的那次就遇险了。

回忆！如果回忆起来，事情太多了。我虽然同他结合了没有多少年，可是其中悲欢离合的情形倒是不少！写几天几晚也写不完！我倒是想写，可是我不敢写，我没有这个毅力和勇气，一回想起来，我这久病的残躯和这已经受创伤的神经，更负担不起这种打击，平静的心中又涌起烦杂的念头，刺得我终夜不能合眼。我一直想给志摩写一个传，这是我的愿望，蜷伏在我脑子里好久了，最近我是极力的在设法恢复我的康健，以便更好的写点东西，然而荒了许久的笔已经生了锈，一定要好好地磨炼一番才能应用呢！这短短的一点只能算是记述一小段泰戈尔二次来华的小聚，以后等我精神稍觉回复，再多写一些往事吧。

一九五七年，上海

《云游》序

我真是说不出的悔恨为甚么我以前老是懒得写东西。志摩不知逼我几次，要我同他写一点序，有两回他将笔墨都预备好，只叫随便涂几个字，可是我老是写不到几行，不是头晕即是心跳，只好对着他发愣，抬头望着他的嘴盼他吐出圣旨来我即可以立时的停笔。那时间他也只得笑着对我说："好了，好了，太太我真拿你没有办法，去耽着罢！回头又要头痛了。"走过来掷去了我的笔，扶了我就此耽下了，再也不想接续下去。我只能默默的无以相对，他也只得对我干笑，几次的张罗结果终成泡影。

又谁能够料到今天在你去后我才真的认真的算动笔写东西，回忆与追悔便将我的思潮模糊得无从捉摸。说也惨，这头一次的序竟成了最后的一篇，哪得叫我不一阵心酸，难道说这也是上帝早已安排定了的么？

不要说是写序我不知道应该如何落笔，压根儿我就不会写东西，虽然志摩说我的看东西的决断比谁都强，可是轮到自己动笔就抓瞎了。这也怪平时太懒的缘故。志摩的东西说也惭愧多半没有读过，这一件事有时使得他很生气的。也有时偶尔看一两篇，可从来也未曾夸过他半句，不管我心里是多么的叹服，多么赞美我的摩。有时他若自读自赞的，我还要骂他臭美呢。说也奇怪要是我不喜欢的东西，只要说一句"这篇不大好"他就不肯发表。有时我问他你怪不怪我老是这样苛刻的批评你，他总说："我非但不怪你，还爱你能时常的鞭策，我不

要容我有半点的'臭美'，因为只有你肯说实话，别人老是一味恭维。"话虽如此，可是有时他也怪我为甚么老是好像不稀罕他写的东西似的。

其实我也同别人一样的崇拜他，不是等他过后我才夸他，说实话他写的东西是比一般人来得俏皮。他的诗有几首真是写得像活的一样，有的字用得别提多美呢！有些神仙似的句子看了真叫人神往，叫人忘却人间有烟火气。它的体格真是高超，我真服他从甚么地方想出来的。诗是没有话说不用我赞，自有公论。散文也是一样流利，有时想学也是学不来的。但是他缺少写小说的天才，每次他老是不满意，我看了也是觉得少了点甚么似的，也不知道是甚么道理，我这一点浅薄的学识便说不出所以然来。

洵美叫我写摩的《云游》的序，我还不知道他这《云游》是几时写的呢！云游！可不是，他真的云游去了，这一本怕是他最后的诗集了，家里零碎的当然还有，可是不知够一本不。这些日因为成天的记忆他，只得不离手的看他的信同书，愈好当然愈是伤感，可叹奇才遭天妒，从此我再也见不着他的可爱的诗句了。

当初他写东西的时候，常常喜欢我在书桌边上捣乱，他说有时在逗笑的时间往往有绝妙的诗意不知不觉的驾临的，他的《巴黎的鳞爪》《自剖》都是在我的又小又乱的书桌上出产的。书房书桌我也不知给他预备过多少次，当然比我的又清又洁，可是他始终不肯独自静静的去写的。人家写东西，我知道是大半喜欢在人静更深时动笔的，他可不然，最喜欢在人多的地方，尤其是离不了我，除我不在他的身旁。我是一个极懒散的人，最不知道怎样收拾东西，我书桌上是乱的连手都几乎放不下的，当然他写完的东西我是轻易也不会想着给收拾好，所

以他隔夜写的诗常常次晨就不见了，嘟着嘴只好怨我几声，现在想来真是难过，因为诗意偶然得来的是不轻易来的，我不知毁了他多少首美的小诗，早知他要离开我这样的匆促，我赌咒也不那样的大意的。真可恨，为甚么人们不能知道将来的一切。

我写了半天也不知道胡诌了些甚么，头早已晕了，手也发抖了，心也痛了，可是没有人来掷我的笔了。四周只是寂静，房中只闻滴答的钟声，再没有志摩的"好了，好了"的声音了。写到此地不由我阵阵的心酸，人生的变态真叫人难以捉摸，一霎眼，一皱眉，一切都可以大翻身。我再也想不到我生命道上还有这一幕悲惨的剧。人生太奇怪了。

我现在居然还有同志摩写一篇序的机会，这是我早答应过他而始终没有实行的，将来我若出甚么书是再也得不着他半个字了，虽然他也早已答应过我的。看起来还是他比我运气，我从此只成单独的了。

我再也写不下去了，没有人叫我停，我也只得自己停了。我眼前只是一阵阵的模糊，伤心的血泪充满着我的眼眶，再也分不清白纸黑墨。志摩的幽魂不知到底有一些回忆能力不？我若搁笔还不见持我的手。

《爱眉小札》序（一）

　　振宇连跑了几次，逼我抄出志摩的日记。我一天天的懒，其实不是懒，是怕，真怕极了。两年来所有他的东西我一并锁起，放在看不见的地方，总也没有勇气敢去拿出来看，几次三番想理出他的信同日记去付印，可是没有看到几页就看不下去了。因为我老是想等着悲哀也许能随着日子一天天地融化的，谁知事实同理想简直不能混合的。这一次我发恨地抄，三千字还抄了三天，病了一天，今天我才知道，等日子是没有用的。不看，也许脑子的印象可以糊涂一点，自己还可拿种种的假来骗自己。可是等到看见了他那像活的似的字，一个个跳出来，他的影子也好像随着字在我眼前来回地转似的，到这时候，再骗也骗不住了，自己也再止不住自己的伤感了，精神上又受不住，到结果非生病不可。所以我两年来不但不敢看他的东西，连说话也不敢说到他，每次想到他，自己急忙想法子丢开，不是看书就是画，成天只是麻木了心过日子，甚么也不想，甚么也不管。

　　这本日记是我们最初认识时候写的，那时我们大家各写一本，换着看的。在初恋的时候，人的思想、动作，都是不可思议的。他的尤其是热烈，有许多好的文字，同他平时写的东西完全不同，我本不想发表的，因为他是单独写给我一个人的，其中大半都是温柔细语，不可公开的。不过这样流利美艳的文字，单只供我一人享受，似乎有点说不过去，我以为天下凡是美的东西，一定要大家共同享受，才不负它的美。所以我

不敢私心，不敢独受，非得写出来跟大家同看不可，况且从前他自己也曾说过："将来等你我大家老了，拿两本都去印出来送给朋友们看，也好让大家知道我们从前是怎样的相爱。等到头发白了再拿出来看，一定是很有趣的。"他既然有过意思要发表，我现在更应该遵他的遗命，先抄出一部分，慢慢的等我理出了全部的再付印成一本书，让爱好的朋友们都可以留一个纪念。

三月十九日小曼灯下

《爱眉小札》序（二）

　　今天是志摩四十岁的纪念日子，虽然甚么朋友亲戚都不见一个，但是我们两个人合写的日记却已送了最后的校样来了。为了纪念这部日记的出版，我想趁今天写一篇序文；因为把我们两个人呕血写成的日记在这个日子出版，也许是比一切世俗的仪式要有价值有意义得多。

　　提起这二部日记，就不由得想起当时摩对我说的几句话，他叫我："不要轻看了这两本小小的书，其中哪一字哪一句不是从我们热血里流出来的？将来我们年纪老了，可以把它放在一起发表，你不要怕羞，这种爱的吐露是人生不易轻得的！"为了尊重他生前的意见，终于在他去世后五年的今天，大胆地将它印在白纸上了，要不是他生前说过这种话，为了要消灭我自己的痛苦，我也许会永远不让它出版的。其实关于这本日记也有些天意在里边。说也奇怪，这两本日记本来是随时随刻他都带在身边的，每次出门，都是先把它们放在小提包里带了走，惟有这一次他匆促间把它们忘掉了。看起来不该消灭的东西是永远不会消灭的，冥冥中也自有人在支配着。

　　关于我和他认识的经过，我觉得有在这里简单述说的必要，因为一则可以帮助读者在这二部日记和十数封通信之中，获得一些故事上的连贯性；二则也可以解除外界对我们俩结合之前和结合之后的种种误会。

　　在我们初次见面的时候（说来也十年多了），我是早已奉了父母之命媒妁之言同别人结婚了，虽然当时也痴长了十几

岁的年龄，可是性灵的迷糊竟和稚童一般。婚后一年多才稍懂人事，明白两性的结合不是可以随便听凭别人安排的，在性情与思想上不能相谋而勉强结合是人世间最痛苦的一件事。当时因为家庭间不能得着安慰，我就改变了常态，埋没了自己的意志，葬身在热闹生活中去忘记我内心的痛苦。又因为我娇慢的天性不允许我吐露真情，于是直着脖子在人面前唱戏似的唱着，绝对不肯让一个人知道我是一个失意者，是一个不快乐的人。这样的生活一直到无意间认识了志摩，叫他那双放射神辉的眼睛照彻了我内心的肺腑，认明了我的隐痛，更用真挚的感情劝我不要再在骗人欺己中偷活，不要自己毁灭前程，他那种倾心相向的真情，才使我的生活转换了方向，而同时也就跌入了恋爱了。于是烦恼与痛苦，也跟着一起来。

为了家庭和社会都不谅解我和志摩的爱，经过几度的商酌，便快定让摩离开我到欧洲去做一个短时间的旅行，希望在这分离的期间，能从此忘却我——把这一段因缘暂时地告一个段落。这一种办法，当然是不得已的，所以我们虽然大家分别时讲好不通音信，终于我们都没有实行（他到欧洲去后寄来的信，一部分收在这部书里），他临去时又要求我写一本当信写的日记，让他回国后看看我生活和思想的经过情形，我送了他上车后回到家里，我就遵命地开始写作了。这几个月里的离情是痛在心头，恨在脑底的。究竟血肉之体敌不过日夜的摧残，所以不久我就病倒了。在我的日记的最后几天里，我是自认失败了，预备跟着命运去漂流，随着别人去支配；可是一到他回来，他伟大的人格又把我逃避的计划全部打破。

于是我们发见"幸福还不是不可能的"。可是那时的环境，还不容许我们随便的谈话，所以摩就开始写他的"爱眉小札"，每天写好了就当信般的拿给我看，但是没有几天，为了

母亲的关系，我又不得不到南方来了。在上海的几天我也碰到过摩几次，可惜连一次畅谈的机会都没有。这时期摩的苦闷是在意料之中的，读者看到《爱眉小札》的末几页，也要和他同感罢？

我在上海住了不久，我的计划居然在一个很好的机会中完全实现，我离了婚就到北京来寻摩，但是一时竟找不到他。直到有一天在《晨报》副刊上看到他发表的《迎上前去》的文章，我才知道他做事的地方。而这篇文章中的忧郁悲愤，更使我看了迫不及待地去找他，要告诉他我恢复自由的好消息。那时他才明白了我，我也明白了他，我们不禁相视而笑了。

以后日子中我们的快乐就别提了，我们从此走入了天国，踏进了乐园。一年后在北京结婚，一同回到家乡，度了几个月神仙般的生活。过了不久因为兵灾搬到上海来，在上海受了几月的煎熬我就染上一身病，后来的几年中就无日不同药炉作伴，连摩也得不着半点的安慰，至今想来我是最对他不起的。好容易经过各种的医治，我才有了复原的希望，正预备全家再搬回北平重新造起一座乐园时，他就不幸出了意外地遭劫，乘着清风飞到云雾里去了。这一下完了他——也完了我。

写到这儿，我不觉要向上天质问为甚么我这一生是应该受这样的处罚的？是我犯了罪么？何以老天只薄我一个人呢？我们既然在那样困苦中争斗了出来，又为甚么半途里转入了这样悲惨的结果呢？生离死别，幸喜我都尝着了。在日记中我尝过了生离的况味，那时我就疑惑死别不知更苦不？好！现在算是完备了。甜，酸，苦，辣，我都尝全了，也可算不枉这一世了。到如今我还有甚么可留恋的呢？不死还等甚么？这话

是现在常在我心头转的。不过有时我偏不信，我不信一死就能解除一切，我倒要等着再看老天还有甚么更惨的事来加罚在我的身上！

完了，完了，一切都完了，现在还说甚么？还想甚么？要是事情转了方面，我变他，他变了我，那时也许读者能多读得些好的文章，多看到几首美丽的诗，我相信他的笔一定能写得比他心里所受的更沉痛些。只可惜现在偏留下了我，虽然手里一样拿着一支笔，它却再也写不出我回肠里是怎样的惨痛，心坎里是怎样地碎裂。空拿着它落泪，也急不出半分的话来。只觉得心里隐隐的生痛，手里阵阵的发颤。反正我现在所受的，只有我自己知道就是了。

最后几句话我要说的，就是要请读者原谅我那一本不成器的日记，实在是难以同摩放在一起出版的（因为我写的时候是绝对不预备出版的）。可是因为遵守他的遗志起见，也不能再顾到我的出丑了。好在人人知道我是不会写文章的，所留下的那几个字，也无非是我一时的感想而已，想着甚么就写甚么，大半都是事实，就这一点也许还可以换得一点原谅，不然我简直要羞死了。

《志摩日记》序

飞一般的日子又带走了整整的十个年头儿，志摩也变了五十岁的人了。若是他还在的话，我敢说十年绝老不了他——他还是会一样的孩子气，一样的天真，就是样子也不会变。可是在我们，这十年中所经历的，实在是混乱惨酷得使人难以忘怀，一切都变得太两样了，活的受到苦难损失，却不去说它，连死的都连带着遭到了不幸。《志摩全集》的出版计划，也因此搁到今天还不见影踪。

十年前当我同家璧一起在收集他的文稿准备编印"全集"时，有一次我在梦中好像见到他，他便叫我不要太高兴，"全集"绝不是像你想象般容易出版的，不等九年十年决不会实现。我醒后，真不信他的话，我屈指算来，"全集"一定会在几个月内出书，谁知后来固然受到了意想不到的打击。一年一年地过去，到今年整整的十年了，他倒五十了，"全集"还是没有影儿，叫我说甚么？怪谁，怨谁？

"全集"既没有出版，惟一的那本《爱眉小札》也因为"良友"的停业而绝了版，志摩的书在市上简直无法见到，我怕再过几年人们快将他忘掉了。这次晨光出版公司成立，愿意出版志摩的著作，于是我把已自"良友"按约收回的《爱眉小札》的版权和纸型交给他们，另外拿了志摩的两本未发表的日记和朋友们写给他的一本纪念册，一起编成这部《志摩日记》虽然内容很琐碎，但是当作纪念志摩五十诞辰而出版这本集子，也至少能让人们的脑子里再涌起他的一个影子罢！（《爱眉小札》是纪念他的四十诞辰而版的。）

　　这本日记的排列次序是以时间为先后的。《西湖记》最早，那时恐怕我还没有认识他；《爱眉小札》是写我们两个人间未结婚前的一段故事；《眉轩琐语》是他在我们婚后拉笔乱写的，也可以算是杂记，这一类东西，当时写得很多，可是随写随丢，遗失了不知多少，今天想起，后悔莫及。其他日记倒还有几本，可惜不在我处，别人不肯拿出来，我也没有办法，不然倒可以比这几本精彩得多。《一本没有颜色的书》是他的一本纪念册，是许多朋友写给他和我的许多诗文图书，他一直认为最宝贵，最欢喜的几页，尤其是泰戈尔来申时住在我家写的那两页，也制版放在一起凑一个热闹。我的一本原本放在《爱眉小札》后面的日记，这次还是放在最后，做个附录。

　　此后，我要把他两次出国时写给我的信，好好整理一下，把英文的译成中文，编成一部小说式的书信集，大约不久可以出版。其他小说、散文、诗等等，我也将为他整理编辑，一本一本的给他出版，我觉得我不能再迟延、再等待了。志摩文字的那种风格、情调和他的诗，我这十几年来没有看见有人接续下去，尤其是新诗，好像从他走了以后，一直没有生气似的，以前写的已不常写，后来的也不多见了，我担心着，他的一路写作从此就完了吗？

　　我决心要把志摩的书印出来，让更多的人记住他，认识他，这本"日记"的出版是我工作的开始。我的健康今年也是一个转变年，从此我不是一个半死半活的人，我已经脱离了二十多年来锁着我的铁链，我不再是个无尽无期的俘虏，以后我可以不必终年陪伴药炉，可以有精力做一点事情。我预备慢慢的拿志摩的东西出齐了，然后写一本我们两人的传记。只要我能够完成上述的志愿，那我一切都满意了。

一九三十六年二月

《徐志摩诗选》序

　　写诗真不是一件简单的事情，又要环境的契合，本身的思想同艺术水平，并不是随时随地就能产生出来的。志摩写诗最多的时候，是在他初次留学回来，那时我同他还不相识，最初他是因为对旧式婚姻的不满意，而环境又不允许他寻他理想的恋爱，在这个时期他是满腹的牢骚，百感杂生，每天彷徨在空虚中，所以在百无聊赖、无以自慰的情况下，他就拿一切的理想同愁怨都寄托在诗里面，因此写下不少好的诗。后来居然寻到了理想的对象，而又不能实现，在绝度失望下又产生了多种不同风格的诗，难怪古人说"穷而后工"，我想这个"穷"不一定是指着生活的贫穷，精神上的不快乐也就是脑子里的"穷"——这个"穷"会使得你思想不快乐，这种内心的苦闷，不能见人就诉说，只好拿笔来发泄自己心眼儿里所想说的话，这时就会有想不到的好句子写出来的。在我们没有结婚的时候，他也写了不少散文同诗歌，那几年中他的精神也受到了不少的波折。倒是在我们婚后他比较写得少。在新婚的半年中我是住在他的家乡，这时候可以算得是达到我们的理想生活，可是说来可笑，反而连一句也写不出来了！这是为什么呢？可见得太理想、太快乐的环境，对工作上也是不大合适的。我们那时从早到晚影形相随，一刻也难离开，不是携手漫游在东西两山上，就是陪着他的父母欢笑膝下，谈谈家常。有时在晚饭后回到房里，本来是肯定要他在书桌灯下写东西，我在边上看看书陪着他的，可是写不到两三句，就又打破这静悄

悄的环境，开始说笑了，也不知道哪里来的那许多说不尽、讲不完的话。就是这样一天天地飞过去，不到三个月就出了变化，他的家庭中，产生了意想不到的纠纷，同时江浙又起战争，不到两个月我们就只好离开家乡逃到举目无亲的上海来，从此我们的命运又浸入了颠簸，不如意的事一再地加到我们身上，环境造成他不能安心地写东西，所以这个时候是一直没有什么突出的东西写出来。一直到他死的那年，比较好些，我们正预备再回到北京，创造一个理想的家庭时，他整个儿的送到半空中去，永远云游在虚无缥缈中了。

今天诗集能够出版，真使我百感俱生，不知写了哪一样好，随笔乱涂，想着什么，就写什么，总算从今以后，三十六年前脍炙人口的新诗人所放的一朵异花又可以永远地开下去了。

中秋夜感

　　并不是我一提笔就离不开志摩，就是手里的笔也不等我想就先抢着往下溜了；尤其是在这秋夜！窗外秋风卷着落叶，沙沙的幽声打入我的耳朵，更使我忘不了月夜的回忆，眼前的寂寥。本来是他带我认识了笔的神秘，使我感觉到这一支笔的确是人的一个唯一的良伴：它可以发泄你满腹的忧怨，又可以将不能说的不能告人的话诉给纸笔，吐一口胸中的积闷。所以古人常说"不穷做不出好诗，不怨写不出好文"。的确，回味这两句话，不知有多少深意。我没有遇见摩的时候，我是一点也不知道走这条路，怨恨的时候只知道拿了一支香烟在满屋子转，再不然就蒙着被头暗自饮泣。自从他教我写日记，我才知道这支笔可以代表一切，从此我有了吐气的法子了。可是近来的几年，我反而不敢亲近这支笔，怕的是又要使神经有灵性，脑子里有感想。岁数一年年的长，人生的一切也一年年地看得多，可是越看越糊涂。这幻妙的人生真使人难说难看，所以简直的给它一个不想不看最好。

　　前天看摩的《自剖》，真有趣！只有他想得出这样离奇的写法，还可以将自己剖得清清楚楚。虽然我也想同样的剖一剖自己，可是苦于无枝无杆可剖了。连我自己都说不出我究竟是怎样的一个人。我只觉得留着的不过是有形无实的一个躯壳而已。活着不过是多享受一天天物质上的应得，多看一点新奇古怪的戏闻。我只觉人生的可怕，简直今天不知道明天又有甚么变化；过一天好像是捡着一天似的，谁又能预料那一天是最

后的一天呢？生与死的距离是更短在咫尺了！只要看志摩！他不是已经死了快十年了么？在这几年中，我敢说他的影像一天天在人们的脑中模糊起来了；再过上几年不是完全消灭了么？谁不是一样？我们溜到人世间也不过是打一转儿，只是转得好与歹的不同而已，除了几个留下著作的也许还可以多让人们纪念几年，其余的还不是同镜中的幻影一样？所以我有时候自己老是呆想：也许志摩没有死。生离与死别时候的影像在谁都是永远切记在心头的；在那生与死交迫的时候是会有不同的可怕的样子，使人难舍难忘的。可是他的死来得太奇特，太匆忙！那最后的一忽儿一个人都没有看见；不要说我，怕也有别人会同样的不相信的。所以我老以为他还是在一个没有人迹的地方等着呢！也许会有他再出来的一天的。他现在停留的地方虽然我们看不见，可是我一定相信也是跟我们现在所处的一样，又是一个世界而已：那一面的样子，虽然常有离奇的说法，异样的想象，只可恨没有人能前往游历一次，而带一点新奇的事情回来。不过一样事情我可以断定，志摩虽然脱离了躯壳，他的灵魂是永远不会消灭的。我知道他一定时常在我们身旁打转，看着我们还是在这儿做梦似的混，暗笑我们的痴呆呢！不然在这样明亮的中秋月下，他不知道又要给我们多少好的诗料呢！

说到诗，我不发牢骚，实在是不忍不说。自从他走后这几年来我最注意到而使我失望的就是他所最爱的诗好像一天天地在那儿消灭了，作诗的人们好像没有他在时那样热闹了。也许是他一走带去了人们不少的诗意；更可以说提起作诗就免不了使人怀念他的本人，增加无限离情，就像我似的一提笔就更感到死别的惨痛。不过我也不敢说一定，或许是我看见得少，尤其是在目前枯槁的海边上，更不容易产出甚么新进的

诗人。可是这种感觉不仅属于我个人，有几个朋友也有这同样的论调。这实在是一件可憾的事情！他若是在也要感觉到痛心的。所以那天我睡不着的时候，来回地想：走的，我当然没有法子拉回来；可是无论如何我一定要想法子引起诗人们的诗兴才好；不然志摩的灵魂一定也要在那儿着急的，只要看他在的时候，每一次见着一首好诗，他是多么高兴地唱读；有天才的，他是怎样地引导着他们走进诗门；要是有一次发现一个新的诗人，他一定跳跃得连饭都可以少吃一顿。他一生所爱的惟有诗，他常叫我做，劝我学。"只要你随便写，其余的都留着我来改。那一个初学者不是大胆地涂？谁又能一写就成了绝句？只要随时随地，见着甚么而有所感，就立刻写下来，不就慢慢地会了？"这几句话是我三天两头儿听见的。虽然他起足了劲儿，可是我始终没有学过一次，这也使他灰心的。现在我想着他的话，好像见着他那活跃的样子，而同时又觉得新出品又那样少，所以我也大胆地来诌两句。说实话，这也不能算是诗，更不成甚么格；教我的人，虽然我敢说离着我不远，可是我听不到他的教导，更不用说与我改削了，只能算一时所感觉着的随便写了下来就是。我不是要臭美，我只想抛砖引玉：也许有人见到我的苦心，不想写的也不忍不写两句，以慰多年见不到的老诗人，至少让他的灵魂也再快乐一次。不然像我那样的诗不要说没有发表的可能性，简直包花生米都嫌它不够格儿呢！

而《秋叶》就是在实行我那想头的第一首。

自述的几句话

唱戏是我最喜欢的一件事情，早几年学过几折昆曲，京戏我更爱看，却未曾正式学过。前年在北京，新月社一群朋友为闹新年逼着我扮演一出《闹学》，那当然是玩儿，也未曾请人排身段，可是看的人和我自己都还感到一些趣味，由此我居然得到了会串戏的一个名气了，其实是可笑得很，不值一谈。这次上海妇女慰劳会几个人说起唱戏要我也凑合一天，一来是她们的盛意难却，二是慰劳北伐当得效劳，我就斗胆答应下来了。可是天下事情不临到自己亲身做是不会知道实际困难的；也是我从前看得唱戏太容易了，尤非是唱做，那有什么难？我现在才知道这种外行的狂妄是完全没有根据的。因为我一经正式练习，不是随便不负责任地哼哼儿，就觉得这事情不简单，愈练愈觉着难，到现在我连跑龙套的都不敢轻视了。

演戏绝不是易事：一个字咬得不准。一个腔使得不圆，一只袖撒得不透，一步路走得不稳，就容易妨碍全剧的表现，演者自己的自信心，观众的信心，便同时受了不易弥补的打击，真难！我看读什么英文法文还比唱戏容易些呢！我心里十分地担忧，真不知道到那天我要怎样地出丑呢。

我选定《思凡》和《汾河湾》两个戏，也有意思的。在我所拍过的几出昆戏中要算《思凡》的词句最美，它真能将一个被逼着出家的人的心理形容得淋漓尽致，一气呵成，情文相生，愈看愈觉得这真是一篇颠扑不破的美文。它的一字一句都含有颜色，有意味，有关联，绝不是无谓的堆砌，绝不是浮空

的辞藻，真太美了，却也因此表演起来更不容易，我看来只有徐老太太做得完美到无可再进的境界，我只能拜倒！她才是真功夫，才当得起表演艺术，像我这初学，简直不知道做出什么样子来呢。好在我的皮厚，管他三七二十一，来一下试试。

旧戏里好的真多。戏的原则是要有趣味，有波折，经济也是一个重要条件。

现代许多新戏的失败原因是一来蓄意求曲折而反浅薄，成心写实而反不自然，词费更不必说，有人说白话不好，这我不知道。我承认我是一个旧脑筋，这次洪深先生本来想要我做《第二梦》，我不敢答应。因为我对于新戏更不敢随便地尝试，非要你全身精神都用上不可，我近来身体常病，所以我不敢多担任事情了。

《汾河湾》确是个好戏，静中有闹，俗不伤雅。离别是一种情感，盼望又是一种情感；爱子也是一种情感，恋夫又是一种情感；叙会是一种情感，悲伤又是一种情感。这些种种不同的情感，在《汾河湾》这出戏里，很自然地相互起伏，来龙去脉，处处认得分明，正如天上阴晴变化，云聚云散，日暗日丽，自有一种妙趣。但戏是好戏也得有本事人来做才能显出好戏，像我这样一个未入流的初学，也许连好戏多要叫我做成坏戏，又加天热，我又是个常病的人，真不知道身上穿了厚衣头上戴了许多东西受不受得住呢。没有法子，大着胆，老着脸皮，预备来出丑吧，只好请看戏的诸君包涵点儿吧。

谈文房四宝

　　清明的那天，可巧隔晚来了一阵狂风暴雨。天明的时候，玻璃窗上还沙沙地听到雨珠打转的声音，所以起身以后就觉得满身寒意，一点也不像一个明媚的春天，反倒阴沉沉的，增加了不少的伤感。

　　我本来预备到江湾去看看我父亲的坟墓是否安全，动身时可巧鍊霞来访，要我给《万象》写点东西。久别重见，更觉欢慰，拉了她同去江湾，看到了许多不容易见着的情形。我家的坟墓已是改变得连我自己也认不出那一个是我父亲安卧的地方了。树木石碑全都不知去向，真叫我一点办法也没有，满腹的怨恨也不能流露出来，只好低着头一步步地往回走，路过一个私人的花园，鍊霞和同行者下车去踏青，我自愿独自坐在车里呆想。

　　在这种时期，一切都不由我，若是连自己父亲的尸骨都不能保全，叫我何以为情！虽然路边上满开着红花绿叶，带着春光的娇丽，我也没有心神去理会它们。

　　鍊霞等游毕归来，又带着许多不知名的花草，红的红得像秋天的枫叶一般，大大小小，塞满了一车子的花，连人坐的地方都让了花。说说笑笑，倒拿我的愁怀减去了一半，还算不虚此行。回家后，就想预备写一点东西，可是想来想去，实在写不出甚么。可巧钱君瘦铁那天在美国柏林夫人茶宴谈话座上，说了一段文房四宝的来源，倒觉得很有趣味。同时，鍊霞又叫我写一点关于美术文艺的东西，既有了现成的资料，我就

借它来转述一下，同时我自己也做一些补充。

我们中国的文艺记载，大约比那一国都早，在上古时代还没笔墨纸砚的时候，就已经想出用绳子来打成结，代表每一个字。到了殷商的时候就更进一步，拿刀刻字在甲骨上，或者将字刻在竹片上面，再连串成册，做成像书籍一般，也可以像现在的书似的诵读。一直到东汉的时候，蔡伦想出法子，拿树皮、破布及鱼网，捣之成糊，再做成薄片，放在日光下晒干，这就开始有了纸。

至于墨的创造，也不知始于何人。最初是用漆写在竹简或木片上。到了魏晋的时候，才拿黍烧烟，加点松煤，做成糊，像墨汁似的。一直到唐朝初年，有高丽人贡来松烟墨，才学着做成锭状。唐初名画家吴道子，画过一幅《送子图》，图中有一仙女，坐于天帝之后，作磨墨之状，足见那时已有锭墨在普遍应用了。

到了宋朝熙宁年间，有一个张遇，拿油烟入麝，制成墨供给御用，就叫龙剂，那是有名的制墨家。此外，南唐有李延珪，明有程君房、方于鲁等。直到现在，我们偶然买到一锭程君房的"玄玉"墨，没有不喜欢得比拾到一块金子还高兴，因为画起来它的墨色要比现在的新墨黑得多，所以画家没有一个不爱收藏古墨的。

《红楼梦》的作者曹雪芹之祖父曹寅，在清初是一位墨的著名监制人，他监制的墨名为"兰台精英"，我家曾有旧藏者一笏，背面上端有"康熙乙亥"字样，填金色。下分两行，是"织造臣曹寅监制"七字，填蓝色，俱做楷书阴识。我在童年时见过此墨，当时据家父见告：此墨是曹寅任江宁织造之时，委托程正路制以进贡的。清初制墨，年代不算太古老，但已珍若拱璧，轻易不肯示人。

可是对于笔就两样了！新的要比旧的好用得多。大约古时人对于笔没有十分研究，也许毛类的东西不能持久的缘故。最初的时候用刀、竹竿或木杆来代笔，一直到秦时蒙恬大将军才发明用木为管，鹿毛为柱，羊毛为被，制成笔形，一直流传到如今。

四样之中，我看砚石用途最次，发明也一定在笔墨之后。没有笔，根本用不着砚。汉代之前好像用的砚是凸底的。因为没有锭墨可研，不过拿笔蘸着墨汁，在凸面上调和而后才写字，大都用的是滑石。近年有人在杜陵掘得一砚，是洮湖石所制，还有款白，是汉宣帝所用，这可以证明砚石是始于汉代了。

制砚的能手中有一位女性，不可不记：她就是明末清初的著名琢砚工人顾道人之媳，顾圣人的妻子顾二娘。做过一任广东肇庆府四会县知县的黄莘田，曾请顾二娘琢了一批端溪石砚，手工非常精巧，黄乃作诗谢之曰："一寸干将切紫泥，专诸门巷日初西。如何轧轧鸣机手，割遍端州十里溪。"黄莘田的一位诗友陈兆仑，看到了顾二娘所琢的端溪石砚后十分惊叹，也写了一首诗赞美她，句曰："淡淡梨花黯黯香，芳名谁遣勒词场？明珠七字端溪吏，乐府千秋顾二娘。"从此诗看来，黄莘田似乎还曾为她写过传奇剧，所以才用得上"乐府"二字，惜已无从稽考，只知其后顾二娘病故，黄又作诗悼之曰："古款遗凹积墨香，纤纤女手切干将。谁倾几滴梨花雨，一洒泉台顾二娘。"

琢砚人物中有这样一位女性，也算是我们妇女界的光荣。

我的照片

真奇怪！我前些日看见《飘》上有一张照片，悬十万元的赏，让大家猜是谁，结果居然有大半的人猜是我，这真使我惊奇，难道真的，我自己也不认识我自己了么？虽然说老少不能相比，可是看眼耳鼻的样子总不会改的吧！况且我自己对我自己的装饰，我总不会忘记的。我的头发从来没有这样梳过，尤其是对于侧面的照片，我是很少照的，所以我看来看去，想来想去，我可以决定她不是我！

秋翁写的一篇文字更使我奇讶！他是见过我的，认识我的，怎么也会说是我呢！还说有照片为证，这真叫我糊涂死了，有机会我一定想着问他要来看；他的盛意我是非常感谢的，我这十几年来可算是像坐关似的一样静，我简直是不出大门一步，难得有要紧的事出去一次，一年也没有几次，一天到晚只是在家静养，只有老朋友来看我。我是没有回看人家的时候，多蒙许多人倒常常关念着我的生活，使我十分感慰。一个艺人的生活，在这个年头，能糊里糊涂地一天天往下过，就算不错，要怎样享受是办不到的，所以我也相当地安慰，我不苛求，我也不需要别人金钱上的扶助，我只是量入而出，过着一种平等的日子，荣华富贵的日子，绝不是像我这种不幸的人应该有的，所以我很安静地忍受着现在的环境。人生本是梦，梦长与梦短而已，还不是一样地一天天过去。等待着一旦梦醒，好与坏还不是一样！

关于我的照片，我是没有一张不记得的，除非是别人在

我不留心的时候偷着拍去的，其余的我都有数目的，在北京照的有很多好的，可是我到上海的时候已经快没有了，在上海我根本没有照过几次，所照的也都是大张的美术照片，所以在《飘》登的那一张，我可以很清楚地记得，那并不是我。

现在虽然已经老了，可是我想一个人老少的分别，只不过在胖瘦，或是皮肤生了皱纹，至于眉眼的大小等，大约不会改到完全不一样的成分。这是我的理想，不知对不对。我想今年我也许可以有转机，好像有了一点健康的机会了，等天气和暖一点的时候，我一定要去照一张现在的我看看，不知道照出来成何样子，因为我已经有二十年不拍照了，到那时候，我一定会让大家看看，让关怀着我的人看看，二十年后的我是一个什么样子，让看过二十年前我的照片的人，再看一看现在的我——对照一下，一个不同时代的女人，分别是怎样的？

不过在我看来，若是女人能有永远好的环境，自己好好地保养，她的青春是不大容易就消失的。精神上的安慰和环境的好坏，是能给人一个不同的收获的。

我近年来对于自己的修饰上是早已不关心的了，在家的时候简直连镜子都不大照，也懒得照，好看又怎样？不好看又有什么？我还感觉到美貌给女人永远带来坏运气，难得是幸福的，还是平平常常的也许还可以过一个平平常常的安逸日子，有了美貌常会不知不觉地同你带来许多意外的麻烦的，不知我的感觉对不对？连我自己都不知道了。文立要我写稿子，我是久不动笔了，可巧为《飘》上的照片事有所感，所以随便乱涂了几句，也算了一件心事。

至于最近的照片，只有等我去拍了再刊登了。

随着日子往前走

实在不是我不写，更不是我不爱写：我心里实在是想写得不得了。自从你提起了写东西，我两年来死灰色的心灵里又好像闪出了一点儿光芒，手也不觉有点儿发痒，所以前天很坚决地答应了你两天内一定挤出一点东西。谁知道昨天勇气十足地爬上写字台，摆出了十二分的架子，好像一口气就可以写完我心里要写的一切。说也可笑，才起了一个头就有点儿不自在了：眼睛看在白纸上好像每个字都在那儿跳跃。我还以为是病后力弱眼花。不管它，还是往下写！再过一忽儿，就大不成样了：头晕，手抖，足软，心跳，一切的毛病像潮水似的都涌上来了，不要说再往下写，就是再坐一分钟都办不到。在这个时候，我只得掷笔而起，立刻爬上了床，先闭了眼静养半刻再说。

虽然眼睛是闭了，可是我的思潮像水波一般地在内心起伏，也不知道是怨，是恨，是痛，我只觉得一阵阵的酸味往我脑门里冲。

我真的变成了一个废物么？我真就从此完了么？本来这三年来病鬼缠得我求死不能，求生无味；我只能一切都不想，一切都不管，脑子里永远让它空洞洞的不存一点东西，不要说是思想一点都没有，连过的日子都不知道是几月几日，每天只是随着日子往前走，饿了就吃，睡够了就爬起来。灵魂本来是早就麻木的了，这三年来是更成死灰了。可是希望回复康健是我每天在那儿祷颂着的。所以我甚么都不做，连画都不敢

动笔。一直到今年的春天，我才觉得有一点儿生气，一切都比以前好得多。在这个时候正碰到你来要我写点东西，我便很高兴地答应了你。谁知道一句话才出口不到半月，就又变了腔，说不出的小毛病又时常出现。真恨人，小毛病还不算，又来了一次大毛病，一直到今天病得我只剩下了一层皮一把骨头。我身心所受的痛苦不用说，而屡次失信于你的杂志却更使我说不出的不安。所以我今天睡在床上也只好勉力的给你写这几个字。人生最难堪的是心里要做而力量做不到的事情，尤其是我平时的脾气最不喜欢失信。我觉得答应了人家而不做是最难受的。

不过我想现在病是走了，就只人太瘦弱，所以一切没有精力。可是我想再休养一些时候一定可以复原了。到那时，我一定好好地为你写一点东西。虽然我写的不成文章，也不能算诗（前晚我还作了一首呢），可是它至少可以一泄我几年来心里的苦闷。现在虽然是精力不让我写，一半也由于我懒得动，因为一提笔，至少也要使我脑子里多加一层痛苦：手写就得脑子动，脑子一动一切的思潮就会起来，于是心灵上就有了知觉。我想还不如我现在似的老是食而不知其味地过日子好，你说是不是？

虽然躺着，还有点儿不得劲儿。好，等下次再写。

灰色的生活

　　三晚未曾睡着，今晨开眼就觉得昏头昏脑的，一点精神也没有。近年来常常失眠，睡不着时常会弄得神经发生变态，难怪我母亲当年因失眠而得神经病，因此送命；今天我自身也尝着这种味道，真是痛苦至极，没有尝过的人是绝对不会了解的。

　　以前我最爱写日记，我觉得一个人每天有不同的动作，两样的思想，能每天记下来等几年后再拿出来看看，自己会忘记是自己写的，好像看别人写的小说一般。所以当年我同志摩总是一人记一本。可是自从他过世后，我就从来没有记一天，因为我感觉到无所可记，心灵麻木，生活刻板，每天除了睡，吃饭，吃烟，再加上生病之外，简直别无一事。十几年来如一日，我是如同枯木一般，老是一天一天地消沉，连自己都不知道哪天才能复活起来。一直到今年交过春，我也好像随了春的暖意，身体日见健康起来了。已经快半年没有生过病了，这是十年来第一次的好现象。因此我也好比久困的蛟蛇，身心慢慢地活动起来了，预备等手痛一好就立刻多画一点画，多写一点东西。这几天常常想拿笔写，想借笔来一泄十几年来的忧闷，可是一想起医生叫我不许写的话，我就立刻没有勇气了。今天我是觉得手已经不大痛了，所以试一试，哪知写了没有几个字，手又有点痛起来了。想写的东西只好让它在心里再安睡几天，等我完全好了再请出来吧。我只希望从今天起我可以丢却以前死灰色的生活而走进光明活泼的环境，再多留下一点不死的东西。

请看小兰芬的三天好戏

多谢梅先生的"鞠躬尽瘁"，和别的先生们的好意，我的小朋友小兰芬已然在上海颇颇有些声名。单就戏码说，她的地位已然进步了不少。此次承上海舞台主人同意特排她三晚拿手好戏，爱听小兰芬戏的可以好好地过一次瘾了。星期一是《玉堂春》，这戏她在北京唱得极讨好，到上海来还是初演。星期二《南天门》（和郭少华配的），星期三《六月雪带法场》，都是正路的好戏。

兰芬的好处，第一是规矩，不愧是从北京来的。论她的本领，喉音使腔以及念白做派，实在在坤角中已是很难能的了。只可怜她因为不认识人，又不会自动出来招呼，竟然在上海舞台埋没了一个多月。这回若不是梅生先生的急公好义，也许到今天上海人还是没有注意到小兰芬这个人的。因此我颇有点感想，顺便说说。

女子职业是当代一个大问题，唱戏应分是一种极正当的职业。女子中不少有剧艺天才的人，但无如社会的成见非得把唱戏的地位看得极低微，倒像一个人唱了戏，不论男女，品格就不会高尚似的。从前呢，原有许多不知自爱的戏子（多半是男的），那是咎由自取不必说他，但我们却不能让这个成见生了根，从此看轻这门职业。今年上海各大舞台居然能做到男女合演，已然是一种进步。同时女子唱戏的本领，也实在是一天强似一天了。我们有许多朋友本来再也不要看女戏的，现在都

不嫌了。非但不嫌，他们渐渐觉得戏里的女角儿，非得女人扮演，才能不失自然之致。我敢预言在五十年以后，我们再也看不见梅兰芳、程砚秋一等人，旦角天然是应得女性担任，这是没有疑义的。

马艳云

挽近女子之以艺事称者，日有所闻，社会人士亦往往予以奖掖。贫家女子之有才慧者，得以琼然自秀，光彩一时，致可乐也。

海上自去年以来，名坤伶接踵而至，如容丽娟、新艳秋、雪艳琴皆能独树一帜，与男优竞一日之长。北方名秀之蜚声于南中而未到者，则有马艳云、马艳芬姊妹。予迎之久，亦爱之深，切盼其早日北来，更为此间歌舞界大放光辉。梅生先生辑名女优号，嘱为述马氏姊妹生年梗概，因为志略如左。

艳云、艳芬皆非科班出身，以家寒素，迨十四五始习艺。先从金少梅配戏，初露面，即秀挺不凡。因复踵名师请益，更出演与琴雪芳同班，京中顾曲界稍稍赏识此髫龄之姊妹。逾年由哈尔滨归，艺益精进。艳云更奉瑶卿为师。瑶卿之纳女弟子以艳云为始韧。艳芬学谭，至力甚勤，亦豁然开朗，与孟小冬齐名。马氏姊妹近年来往来平津间，声誉日隆。艳云扮相之美，在坤伶中无出其右者。尤以天资聪颖，虽习艺期间不长，而造就之精深，非寻常所可比况。能戏至多，尤以瑶卿亲授《儿女英雄传》《樊江关》诸剧，得心应手，刚健妩媚，有是多也。

关于王赓

　　最近读到了沈醉先生在《文史资料选辑》第二十二期第八十页所写的《我所知道的戴笠》一文中有一段："在一二八上海战争期间，便有一个旅长王赓和死去了的名诗人徐志摩的爱人陆小曼闹恋爱，陆当时为上海的红舞女，王追求陆挥金如土，最后因无钱可花，而带着地图去投日本人。"这一段写得与实际情况不符，所以我想将事实谈谈。

　　先谈一下王赓这个人。他是美国西点陆军大学毕业的，对军事学识有一定的修养，据说对于打炮尤特有研究。但是他的个性怪僻，身为武夫而又带着浓厚的文人脾气，所以和当时军界要人的人事关系相处得很不好，因此始终郁郁不得志。我十九岁时，在"父母之命"之下与他结了婚，但感情一直不好。沈醉先生那二篇文章所提的一二八事件的时候，我已经与王赓离婚了好多年，并且已与志摩结婚多年了。就在那一年里，志摩乘飞机在山东遇难的。我那时正因病缠绵床笫，在四明村卧病了好几个月，也没有去过礼查饭店。（因为那时外界也有谣传，说我避难在礼查饭店。）更谈不到甚么上海红舞女云云。至于一二八王赓那件事，据我所知是这样的：

　　王赓那时并不在正式部队里，而是应宋子文之请主持盐务缉私的军警事宜（是甚么名义，我已记不清楚了）。十九路军因为抗日的需要，尤其是因为缺乏良好的炮手，所以向宋子文把他借了过来的。在战斗期间，开炮是一直由他负责的。但是，当时由他指挥打向日本总司令部的炮，老是因为发生一点

小差错而不能命中目标，他自己因此感到十分愤急，所以那天他是急匆匆地到美国驻沪领事馆去寻他在西点军校同班的一个美国同学——同是好炮手的那位朋友去研究一下。他那同学是一等参赞，名字我已记不清楚了，只记得就是那名闻全球的辛普森太太（Mrs. Simpsom）的丈夫。那天王赓为了去寻他，坐了一辆破旧的机器脚踏车。谁知道开到外白渡桥上，车子就坏了。他想反正下桥转弯就到了，就走过去罢！王赓平素非常粗心而且糊涂。其实那时美国领事馆早已搬家，原来的地址已经是一个日本的军事机关（甚么名字我也记不得了）了。王赓是一个深度近视眼的人，那天正在心不在焉地想着开炮的事情，等到一直走到门口才抬头，想问问那位同学是否在家，谁知道一抬头，看是个日本军在那儿站岗；他一惊慌，扭过头去就往回跑。那是正值天寒，他的军装外边加了一件丝棉袍子，跑起来飘动了下摆，就露出了里面的军装裤子；因此一跑反启日军的疑心，注意到他的军服，他们就立刻如临大敌，结队在后追捕。他一时无目标地乱跑，跑到了礼查饭店的厨房间，正在恳求那些外国厨子让他躲藏时，厨子不答应，一定要他立刻出去。正在争吵不休声中，日军就冲进来将他扭住。他当时就向日军声称，不用硬扭，走是一定跟着他们走，但是必须到左边的捕房中去转一转。因为当时租界上是不能随便逮捕人的，所以他们就一同到了虹口巡捕房。王赓的主要目的就是到了巡捕房就可以要捕房工作人员将他手里的公事皮包扣留下来；因为其中确有不少的要紧文件，不能落在日军手内的。因此，捕房内的中国人就答应将皮包代为保藏。外界流传的带了作战地图去投日本人这句话，就是因此而起。又加上在他被捕后没有几天，日军就在金山卫登陆，所以外边的流言是更加多了。事后不久就由美国领事馆向日军将他要了出来，由蒋介石

加以监禁、审讯。由于各种的证明及虹口捕房的皮包等证件才算查清了这件案子，始予释放。

这件事是由王赓亲口告诉我母亲的（因为我母亲一直是同他感情很好的）。同时，我也听到官场中的亲友们来纷纷同我讲起。我认为这段经过情况是比较可靠的。

还是麻木一点好

在病中接到你的信，又喜又慰，欲复不能，更添惆怅，只能躺在床上干着急。脑子里像流水般地转，久已麻木了的心神，又好似有了感觉似的。这是我几年来从未有过的现象。我自从那天初次同你见面后，就觉得你是一个很可亲近，可吐肺腑的朋友。你好像一枝白梅，吐出一阵清淡芬芳，使我久处在污浊空气中的脑子，得到无限的安慰，我感到欣幸。送你走出大门，回进屋子里，我静默了好久，我说不出是怎样的一种味儿，我本想就去看你，再度细谈，可是一二天之后我就病了，因为每冬我必发气喘咳嗽病，那几天正是冷得厉害，所以旧病又来了。本来冬天是最对我不相宜的。去年一冬，我也没有出过大门，今年我希望开了春，我可以出去换换空气，到时候一定第一个就先去看你，虽然这几个月中你我只见过一次，可是好似你我神交已久似的，古人相交不在密，现在我才懂得其中之味。我真想再见你一次。你的大作更使我快慰，你写得太好了，我一直闷在心里的，所要说而不敢说的话，你已经都给我说了出来，我真感谢你十二分。十几年来我觉一切都是空虚，一切的事我都看得太清楚，所以反而觉到一切都是无所谓。因此我的心神一天天往下沉，快沉到没有影儿了，现在你给了我一种特别兴奋，使我死了的一切又有一点复活的希望了。近来我很想写东西，我睡在床上的时候，我脑子里想着许多可写的东西，只是手无力提笔，只好对着孤灯愁恨，不知哪一天我可以再有康健，现在我已不想残灭自己了，从此我决定

好好地养我的身心。预备今春好好做点事情，你给了我不少勇气啊。

现在我已经好了几天了，我希望不日能去看你，好好地谈谈，近来晚间失眠，闭着眼的时候常常同你作遍面谈，真可笑。近年来我对朋友们都是很随便的，他们来看我也好，离开我也无所感，只有你，奇怪，时常挂在我的心里。你是值得钦佩的，不是我有意地赞颂你，我以后一定想同你做一个不平常的朋友，不知你意如何？我不能常出门是一憾事，可是我又不敢希望你来，我也不愿意你受到寒风侵害，虽然你的体格比我好，我只有希望以后常通信。我最好写信，可是自从志摩走后，我简直可说没有写过什么有意义的信，今天你又给了我兴趣，可惜这几天太乱，病后有许多朋友来看我，又有许多麻烦的家事，这封信还写了三次才写到此，时间又不能让我写下去了，我内心的话真是写不尽的，可是手不让我再写下去了，不然我有的滔滔不绝地写呢！真的，与一个知音者写信，是最有意义的一件事情能。

前些日是志摩的五十庆，我本想写一篇东西为志，惜在病中不能如愿，只有自己怨恨自己而已，全集又未能如愿出现，真使我说不出忧恨，咳！不谈了，以前的一切不用谈了，反正我现在是过着又是一种的生活，还是让脑子麻木一点好，我希望最近能见到你，或是得到你的回信，别的见面再谈吧！

久不写信，写得不像话，望你不要见笑，有意教我，再见，祝你快乐！

牡丹和绿叶

　　望眼欲穿的刘大师画展在廿一日可以实现了，这是我们值得欣赏的一个画展。中国的画家能在同时中西画都画得好，只有刘大师一个了。他开始是只偏重西画，他的西画不但为中国人所共赏，在欧洲也博得不少西洋画家的钦佩。我记得当年志摩还写过一篇很长的文章，讲欧洲画家们怎样认识与赞美大师的画呢！后来他回国后又尽心研究中国画。他私人收集了不少有名的古画，件件都是精品。因为他有天赋的聪明，所以不久他就深得其中的奥秘，画出来的画又古雅又浑厚，气魄逼人，自有一种说不出的伟大的味儿！我是一个后学，我不敢随便批评，乱讲好坏，好在自有公论。

　　我只感觉到一点，就是我们大师的为人，实在是在画家之中不要多得的人才；他不仅是关着门在家里死画，他同时还有外交家和政治家的才能，他对外能做人所不敢做的，能讲人所不敢讲的。就像在南洋群岛失守时，日本人寻着他的时候，他能用很镇静的态度来对付，用他的口才来战胜，讲得日本人不敢拿他随便安排。他在静默之中显出强健，绝不软化，所以后来日本人反而对他尊敬低头，在没有办法之时只好很客气地拿飞机送他回上海。这种态度是真值得令人钦佩的。

　　还有他做起事来不怕困难，不惧外来的打击，他要做就非做成不可，具有伟大的创造性。为艺术他不惜任何牺牲，像美专能有今日的成就，他不知道费了多少精神与金钱；有时还

要忍受外界的非议，可是他一切都能不顾，不问，始终坚决地用他那一贯的作风来做到底，所以才有今天的成功。

最近他对国画进步得更惊人，这次他的画展一定有许多意想不到的好画。同时还有他太太的作品！这是最难得的事情。她虽然是久居在南洋，受过高深的西学，可是她对中国的国学是一直爱好的；尤其写字，她每天早晨一定要写几篇字后，才做别的事情，所以她的字写得很有功夫，秀丽而古朴，又有男子气魄，真是不可多得的精品。有时海粟画了得意的好画再加上太太一篇长题，真是牡丹与绿叶更显得精彩。我是不敢多讲，不过听得他夫妇有此盛事，所以胡乱地涂几句来预祝他们，并告海上爱好艺术的同志们，不要过了机会！

致胡适书信六封

一

先生：

　　这是哪里说起！苍天因何绝我如斯！想我平生待人忠厚，为人虽不能说毫无过失，也从不敢做害人之事，几年来心神之痛苦也只是默然忍受，盼的是下半世可以过些清闲的岁月，谁知苍天竟打我这一下猛烈的霹雳，夫复何言？天有眼，地有灵，难道没有慈悲之心么？叫我怨谁好，恨谁是？命也运也，先生，我万想不到会有这等事临到我头上来的，我，我还说甚么？上帝好像只给我知道世上有痛苦，从没有给我一些乐趣，可怜我十年来所受的刺激未免太残酷了，这一下我可真成了半死的人了，若能真叫我离开这可怕的世界，倒是菩萨的慈悲，可是回头看看我的白发老娘，还是没有勇气跟着志摩飞去云外，看起来我的罪尚未了清，我只得为着他再摇一摇头与世奋斗一下，现在只有死是件最容易的事了，我还是往满是荆棘的道去走罢。我，生前无以对他，只得死后来振一振我这一口将死的气，做一些他在时盼我做的事罢。希望天可怜我，给我些精力，不要再叫病魔成天的缠我。我一定做些惊人的事，叫他在泉下亦笑一笑，才不负他爱我的一片心，只可怜我此后便一个人来打天下了。以后的寂寞的岁月怕没有些勇气也难以往下过的。这一种的惩罚我现在默认了，我一点儿也不怨天，也不恨人，我只是含悲忍痛的自认。咳，先生！我希望你也给我些最后相助，我已受着天地间最厉害报罚，我愿意

不要再受人们的责问，你也是知道我的一个人，我现在心里痛，也非笔墨所能形容的，一个心高气傲的我，现在打得心灰意懒的了。从此我只寄托我的心在事业上了，别的事情我是一概丢去了，小曼从此变一个人了，你们看罢。

　　我才起床了两天，许多事还没有力气去做，我以后的经济问题，全盼你同文伯二人帮助了，老太爷处如何说法文伯也都与你说过了，我只盼你能早日来（最好王文伯未走之前），文伯说你今天来信又有不管之意，我想你一定不能如斯的忍心，你爱志摩你能忍心不管我么？我们虽然近两年来意见有些相左，可是你我之情岂能因细小的误会而有两样么？你知道我的朋友也很少，知己更不必说，我生活上若不得安逸，我又何能静心的工作呢？这是最要紧的事，你岂能不管呢？我怕你心肠不能如斯之忍罢！当初本是你一人的大力成全我们的，我们对你的深情永不忘的，现在志摩丢下我一人，我不死也为他，不然我又有何留恋呢？我这种终日困在病魔中的人本无多日偷生，我只盼你能将我一二年内的生活费好好与我安排一下，让我在这个时间将志摩与我的末了心愿做就，留下些不死的东西，不负他爱我之情与朋友盼我之意，我即去天边寻我的摩，永远的相亲相爱，那时想象朋辈一定不能再有怨我之处了，只是这二年内我再不能受经济的痛苦了。

　　志摩还有不少信、日记在京请你带下，不要随便与人家看，等我看过再发表，我想他的信、日记，以后由我自己编，三个月内一定可以有二本出版，可是亦望你好好的帮我一下，洵美之意也愿意他的东西一起由我自编，最好你能早来海上多等些日子，我们大家一起努力的做一下，我还想通知各好友处，如他的信愿意发表的，也寄给我，他的诗和散文如有，我看请你同他编一下，因为我一人怕来不及，我还想写一

本我所知道的志摩，不过我近年于学识是荒废的可怕，我日内即好好的用一下死功，我也可借此将我的心用在别的上，不然我想怕半年也活不了，淘美说现在的版税每月连五十块钱都没有，全要看我们将来的了。

我昨天寻了一天也不见志摩上次在外国给我的那一百封信，真气得我半死，因为去年先父故时，家中乱极，许多东西都在那时不见的，明天我再找一下，希望可以寻着。他信虽不少，可是英文的多，最美的还是英文，不知可以发表否？

淑华来信想将她那里的信送我，我真是万分的感谢她，在此人情浅薄的时间，竟有她这样的热心，叫我无以相对。

先生我同你两年来未曾有机会谈话，我这两年的环境可说坏到极点，不知者还许说我的不是，我当初本想让你永久的不明了，我还有时恨你能爱我而不能原谅我的苦衷，与外人一样的来责罚我，可是我现在不能再让你误会下去了，等你来了可否让我细细的表一表？因为我以后在最寂寞的岁月愿有一二人能稍微给我些精神上的安慰。

现在我精力将尽，手腕发抖，还有许多话写不下去了，等下次再谈罢，希望你在百忙中能与将日后的办法好好的安排一下，因我受此一击后，脑子都有些麻木了，有时心痛起来眼前直是发黑，一生为人，到今天才知道人的心是真的会痛如刀绞的，苍天凭空抢去了我惟一的可爱的摩，想起他待我的柔情蜜意，叫我真不能一日活，我的眼泪也已流干，这两日只是一阵阵的干痛，哭笑不能。先生，我，唉，我简直没有话可说了，只盼苍天□□大家，给我些勇气，让我能做完我这未了的心愿，不半途而死，那还是无以对我的爱摩。心碎而痛我强忍□□，先生盼你救我一救罢！

小曼

二

先生：

　　盼了多日昨天才接来函。我知道你是极关心我的将来的一个人，一向散漫的我，这一次再不能叫朋友们失望了，现在我也不爱多讲，因为不信的是始终不信的，事情只在做不在说，就是说破嘴，不信的还是不信，大家等着将来看罢。

　　我这一次的遭遇，可算是人生最痛苦的了，本来从此生活上再不能有先前的安逸，更不盼望有甚么快乐，以前的我只好认为死去，我的心也只能算是同他一起飞去，以后我独自一人只好孤单的独自奋斗，从此单调再没有别的附和，前途虽是黑暗，可是有他一点灵光在先引着，不怕我没有成功，究竟我不是一个没有志气的人。文伯当然有些太乐观，可是有他这一催促，我再不能叫他失望，我也同时盼你不要太消极了。

　　他的全部著作当然不能由我一人编，一个没有经验的我也不敢负此重责，不过他的信同日记我想由我编（他的一切信件同我的他的日记都在北平，盼带来）我想在每信后加上小注，你看如何，你来我盼你能同我商量一切，事情多，盼多分些时候出来。

　　还有他别的遗文等也盼你先给我看过再去付印。我们的日记更盼不要随便给人家看，千万别忘。

　　老太爷处等你来决定，盼你最后一次与我稍微卖一点力气，当初你一片心成全我们，谁又知道你还有这样悲惨一幕剧在后头，你也真可算不幸了，更不同提我。回忆当初一片苦心，真叫人无一日可生，人生到此还说甚么？

　　好像他还有一个英文打字机在北平，不知是否，如有也请带来，我要打他的英文信。

还有一事，大雨也少摩三百块钱，可否请你转向请他在年内给我，因为他在绸缎庄上拿的东西年底要算账的，我此时再没有钱来垫，不过听他也没有钱，不过比我终还好些。

北大的钱（十二月份）你是带来么，要过年没有还钱我这二个月就没有法子过。咳，金钱太可恶了，他要不是为经济，许还不至于死，我真恨，恨一切，从此再没有我喜欢的东西了。我天天吃药养身，可是还是瘦无人样，本来心碎如何能补？

细情照面再谈。

曼　廿六晚

三

先生：

天天想写信不是人倦，就是事情忙，又加这些日病又找了我几天，真也是命运。一碗碗的苦水往下送还是不见好，每天押着自己四五小时的功，看二三时的书已是十分疲乏了，不要说再有余力来写信，也许还心绪伤乱的原故，虽然我百般的自己想法子忘去一切，可是事实上是做不到的，眼看年关就怕难过，叫我怎能不急，四面想法钱还是不够，新月穷得行中只有几千块钱，变卖首饰一时也无主，朋友穷的多，可是账又非还不可，你看如何？我想请你设法将校中二月份的钱在二号前给我寄来，最好你若有钱再给我多寄几百，我是到无法可想的时候才说此话的，向人借钱的事我是最做不来的，现在的日子是一天不如一天了，就是年过了，以后我如能过，二百五十元只够我吃药看病请先生吃烟。就算以后将以上几种都除去，也非有一半年的时候不成，叫我现在新伤未愈，病恹恹的时

候，怎能立刻摆除一切呢？想起来简直是一天都度不下，不过愈想愈病，愈病是愈没有办法，只有听天由命罢。

我早知老太爷一样也不管，我也不多事去念甚么经了，虽然事属迷信，不过我总觉得一点不做十分对不着他，已经不能让我回去陪伴他的灵，我已是终身抱恨的了，我们几年相爱，到今天连灵前都不能去，叫我怎能不恨？真怨，老爷子真也太不讲人情了，他失去儿子有女儿相陪，可不想想我从今以后变了孤单人，又没有小孩子，有谁能陪伴于我？他太不与人设想了，也怪我的命运太蹇之故，怨做甚么？

忙了过年，又须立刻搬家，这屋子太大了，无福享受了，这些日心更烦，更痛，前途一切都很黑，怕我单独打不出路来，怎好！盼你先帮我过了年关再说，请早日来信。

祝你快乐

太太前问候

曼上　一月廿六日

四

先生：

此番蒙你的大力为我奔波，真叫我无从谢起，虽然事情不甚顺手，也只怪我命薄，你们的盛意我是一样的感谢的。

草稿看过不知谁是寄顾，还有一事不明白，不知为何须到每月廿日才能凭折去取钱，最好是仍用我的旧支票本，每月初去取或是每年许我自由（不论何日何月）可以去取钱（用支票），如此办法于我稍为便利些，于老爷子也无大损，不知可否代达。

竞武已来过，他很肯帮忙，他只叫我养病读书，经济不

足他随时补助，可以请你们放心，我一定从此决心做一个你们所盼我的一种人，决不叫人再笑我无能。

洵美尚未来过，盼你们在百忙中再分出几分钟来看我一次，今天小郭来过，也无非相对黯然而已，咳，甚么多[都]有再见的时候，只是再也见不着我的摩了。

你若愿去看摩，不妨我们同去一次，你看如何？

盼你来，最好文伯、慰慈同来。

此上

先生刻安

曼上

五

先生：

谁知道时光过得如此的快，转眼已有两个多月没有通信了。我自从出痧子以后，天天忙着画，简直可以说忙得连嘴气的功夫都没有，因为我在病中感觉到种痛苦，是不可言语的，在我的思想因此也变了一种观念，病好了立刻看透一切的一切，忘记了一切的一切，我发誓在短时间要成功样事业，这两个月内我的成绩不算坏了，上星期几个朋友一起开了一个扇子展览会。一个学画不到一年的我居然也会在许多老前辈里面出品，卖十六元至十元一把，拿去几幅不到一星期都卖完，还有外省来定的，你看，是不是运气？也许是天可怜我，给我一条最后的路走走。如此也好给我些勇气，我现在画的，自己看简直没有甚么好处，不过朋辈都很惊奇我进步的迅速，也许他们骗骗我高兴而已，不过这也是我一种苦心，近况不得不告诉

你，让你也好放心，虽然一切都很顺手，可是有时想起来我的可怜的摩，使我一切都看得如同灰尘，就是学成了大画家也是无味，他也再不能回来了。

林先生前天去北平，我托了他许多事情，件件要你帮帮忙，日记千万叫他带回来，那是我现在最宝爱的一件东西，离开了已有半年多，实在是天天想他了，请无论抄了没有先带了来再说，文伯说淑华等因摩的日记闹得大家无趣，我因此很不放心我那一本，你为何老不带回我，岂也有另种原因么，这一次求你一定赏还了我罢，让我夜静时也好看看，见字如见人，也好自己骗骗自己，你不要再使我失望了（上次文伯回来我为何叫口他带来的呢）。

过了夏天我要搬家，现在房子太大，虽然俩处住，总觉得不便利，还是一个人住的清静。志摩时常在家，我常常见着他的，谁说没有鬼，没有灵？他何时来何时去我都知道，他这几天在那里生病，人非常的瘦，我一切都知道，只是我们不能讲话，也不能通信，我去的他能见，他不能来，这也是人生的恨事，你是不信神鬼的，我现在一切都信，许多怪事也不要说了，好在你不信。

我托老邓的事他因何不办，多少钱请你先付，我即刻寄去，请你给我买一点旧纸，好墨，旧颜色，我现在一天到晚心都在画上，故宫的画真想看看去。

精神现在还好，不过也胖不了，药还是不断的吃，离了药瓶□□□□□□□你身体好罢，盼你在忙中分出几分钟给我写几行，说说你的近况。

太太前问候

小曼上

六

先生:

　　一天亦不得闲！真是烦死我了。今天本想在家做点事情，哪知又不能如愿，现在又得出去赴一点免不了的茶会，是从前的老同学从美国回来的，要想静静的同你谈谈亦不得机会，无味得很，我想你今天一定来的，我又不能在家，你说巧不巧！早晨张道宏同一个杨先生来坐了许久，腻烦得我只想哭，一个人活着就有这些无味的事，你躲不了的。

　　昨天同三舅母两个去看电影，见着慰慈同梦绿，他俩对我的样子使我心里非常的难受，可惜慰慈没有接到我寄出外国的那封信，不然他一定明白我了，他只想同我一起玩，她又不乐意，为了一个朋友为甚么叫他们夫妻生意间[见]呢？有机会望你同慰慈谈谈，活在世上就有许多不如意的事，人间有一个十分满意的人么？明天千万来，我现在要走了，不放心你，写一个字条让你知道，我今晚七、八点回家。

小曼

致《晶报》

大雄先生阁下：

久不聆教，甚系下怀，兹有一事，烦请先生在贵报借我寸地，赐予披露，则不胜感激之至。曼自去志摩遇难，心碎肠裂，万念俱灰，一病月余，今始初离药炉，近为志摩编排遗稿，及学习书画等事。朝夕埋头于纸墨之间，足不出户者已有数月，几不知槛外为何世矣。□各报因兢载王赓被捕事，间有涉及曼之处，不胜骇异。窃曼与王赓离异六年，至今绝无往来，而各报有谓曼仍与王青鸟往还。又有谓曼向各方营救王赓，甚至有谓与彼重赋同居之雅。此种捕风捉影之谈，无非好事者所为，本不足一辩。惟恐各界误听讹传，名誉所关，万难缄默。素仰先生为志摩至好，望将此信即日披露，以释群疑，存殁口感。只颂撰安，陆小曼谨启。

现代名家经典文库

致某作家

怨恨着另一种生活

还是麻木一点好

在病中接到你的信，又喜又慰，欲复不能，更添惆怅，只能躺在床上干着急。脑子里像流水般的转，久已麻木了的心神，又好似有了感觉似的。这是我几年来从未有过的现象。我自从那天初次同你见面后，就觉得你是一个很可亲近，可吐肺腑的朋友。你好像一枝白梅，吐出一阵清淡芬芳，使我久处在污浊空气中的脑子，得到无限的安慰，我感到欣幸，送你走出大门，回进屋子里，我静默了好久，我说不出是怎样的一种味儿，我本想就去看你，再度细谈，可是一二天之后我就病了，因为每冬我必发气喘咳嗽病，那几天正是冷得厉害，所以旧病又来了。本来冬天是最对我不相宜的，去年冬，我也没有出过大门，今年我希望开了春，我可以出去换换空气，到时候一定第一个就先去看你，虽然这几个月中你我只见过一次，可是我好似你我神交已久似的，古人相交不在密，现在我才懂得其中之味，我真想再见你一次，你的大作更使我快慰，你写得太好了，我一直闷在心里的，所要说而不敢说的话，你已经都给我说了出来，我真感谢你十二分。十几年来我觉一切都是空虚，一切的事我都看得太清楚，所以反而觉到一切都是无所谓，因此我的心神一天天往下沉，快沉到没有影儿了，现在你给了我一种特别兴奋，使我死了的一切又有一点

复活的希望了。近来我很想写东西，我睡在床上的时候，我脑子里想着许多可写的东西，只是手无力提笔，只好对着孤灯愁恨，不知哪一天我可以再有康健，现在我已不想残灭自己了，从此我决定好好的养我的身心，预备今春好好做点事情，你给了我不少勇气啊。

现在我已经好了几天了，我希望不日能去看你，好好的谈谈，近来晚间失眠，闭着眼的时候常常同你作逼面谈话，真可笑。近年来我对朋友们都是很随便的，他们来看我也好，离开我也无所感，只有你，奇怪，时常挂在我的心里，你是值得钦佩，不是我有意的赞颂你，我以后一定想同你做一个不平常的朋友，不知你意如何？我不能常出门是一憾事，可是我又不敢希望你来，我也不愿意你受到寒风侵害，虽然你的体格比我好，我只有希望以后常通信，我最好写信，可是自从志摩走后，我简直可说没有写过甚么有意义的信，今天你又给了我兴趣，可惜这几天太乱，病后有许多朋友来看我，又有许多麻烦的家事，这封信还写了三次才写到此，时间又不能让我写下去了，我内心的话真是写不尽的，可是手不让我再写下去了，不然我又得滔滔不绝的写呢！真的，与一个知音者写信，是最有意义的一件事情。

前些日是志摩的五十庆，我本想写一篇东西为志，惜在病中不能如愿，只有自己怨恨自己而已，全集又未能如愿出现，真使我说不出忧恨，咳！不谈了，以前的一切不用谈了，反正我现在是过着又是一种的生活，还是让脑子麻木一点好，我希望最近能见到你，或是得到你的回信，别的见面再谈罢！

久不写信，写得不像话，望你不要见笑，有意教我，再见，祝你快乐！

小曼日记

一九二五年三月十一日

一个月之前我就动了写日记的心，因为听得"先生"们讲各国大文豪写日记的趣事，我心里就决定来写一本玩玩，可是我不记气候，不写每日身体的动作，我只把我每天的感想，不敢向人说的，不能对人讲的，借着一支笔和几张纸来留一点痕迹。不过想了许久老没有实行，一直到昨天摩叫我当信一样地写，将我心里所想的，不要遗漏一字地都写上去，我才决心如此地做了，等摩回来时再给他当信看。这一下我倒有了生路了，本来我心里的痛苦同愁闷一向逼闷在心里的，有时候真逼得难受，说又没有地方去说；以后可好了，我真感谢你，借你的力量我可以一泄我的冤恨，松一松我的胸襟了。以后我想写什么就可以写什么，反正写出来也不碍事，不给别人看就是了。本来人的思想往往会一忽儿就跑去的，想过就完，现在我可要留住它了，不论什么事想着就写，只要认定一个"真"字。以前的一切我都感觉到假，为什么一个人先要以假对人呢？大约为的是有许多真的话说出来反要受人的讥笑，招人的批评，所以吓得一般人都迎着假的往前走，结果真纯的思想反让假的给赶走了。我若再不遇着摩，我自问也要变成那样的。自从我认识了你的真，摩，我自己羞愧死了，从此我也要走上"真"的路了。希望你能帮助我，志摩。

前天摩出国，我本不想去车站送他，可是又不能不去，在人群中又不能流露出十分难受的样子，还只是笑嘻嘻地谈

话，恍惚满不在意似的。在许多人的目光之下，又不能容我们单独地讲几句话。这时候我又感觉到假的可恶，为什么要顾虑这许多？为什么不能要说什么就说什么呢？我几次想离开众人，过去说几句真话，可是说也惭愧，平时的决心和勇气，不知都往哪里跑了，只会泪汪汪地看着他，连话都说不出口来。自己急得骂我自己，再不过去说话，车可要开了；那时我却盼望他能过来带我走出众人眼光之下，说几句最后的话，谁知他也是一样的没有勇气。一双泪汪汪的眼睛只对着我发怔，我明知道他要安慰我，要我知道他为什么才弃我远去，他有许多许多的真话，真的意思，都让社会的假给碰回去了，便只好大家用假话来敷衍。那时他还走过来握我的手，我也只能苦笑着对他说"一路顺风"。我低头不敢向他看，也不敢向别人看，一直到车开，我还看见他站在车头上向我们送手吻（我知道一定是给我一个人的）。我直着眼看，只见他的人影一点一点糊涂起来，我眼前好像有一层东西隔着，慢慢地连人影都不见了，心里也说不出是什么味儿，好像一点知觉都没有了似的，一直等到耳边有人对我说"不要看了，车走远了"，我才像梦醒似的，回头看见人家都在向着我笑，我才很无味地回头就走。走进车子才知道我身旁还有一个人坐着。他冷冷对我说："为什么你眼睛红了？哭么？"咳！他明知我心里有说不出的难受，还要假意儿问我，怄我；我知道他乐了，走了我的知己，他还不乐？

回家走进了屋子，四面都露出一种冷清的静，好像连钟都不走了似的，一切都无声无嗅了。我坐到书桌旁，看见他给我的信，东西，日记，我拿在手里发怔，也不敢去看，也不想开口，只是呆坐着，也不知道自己要做点什么才好。在这静默空气里我反觉得很有趣起来，我希望永远不要有人来打断我的

静，让我永远这样地静坐下去。

昨天家里在广济寺做佛事，全家都去的，我当然是不能少的了，可是这几天我心里正在说不出的难过，还要我去酬应那些亲友们，叫我怎能忍受？没有法子，得一个机会我一个人躲到后边大院里去清静一下。走进大院看见一片如白画的月光，照得栏杆，花木，石桌，样样清清楚楚，静悄悄的一个人都没，可爱极了。那一片的静，真使人能忘却了一切的一切，我那时也不觉得怕了，一个人走上石桥在整杆上坐着，耳边一阵阵送过别院的经声，钟声，禅声，那一种音调真凄凉极了。我到那个时光，几天要流不敢流的眼泪便像潮水般地涌了出来，我哭了半天也不知是哭的什么，心里也如同一把乱麻，无从说起。

今天早晨他去天津了。我上了三个钟头的课，先生给我许多功课，我预备好好地做起来。不过这几天从摩走后，这世界好像又换了一个似的，我到东也不见他那可爱的笑容，到西也不听见他那柔美的声音，一天到晚再也没有一个人来安慰我，真觉得做人无味极了；为什么一切事情都不能遂心适意呢？随处随地都有网包围着似的，使得手脚都伸不开，真苦极了。想起摩来更觉惆怅，现在不知道已经走到什么地方了，也许已过哈尔滨了吧。昨晚庙里回来就睡下，闭着眼细细回想在庙后大院子里得着的那一忽儿清闲，连回味都是甜的。像我现在过的这种日子，精神上，肉体上，同时地受着说不出的苦，不要说不能得着别人一点安慰与怜惜，就是单要求人家能明白我，了解我，已是不容易的了！

今天足足地忙了一天，早晨做了一篇法文，出去买了画具，饭后陈先生教了半天，说我一定能进步得快，倒也有趣。晚饭时三伯母等来请我去临饭，ML来相约，我都回绝

她们了，因为我只想一个人静静地坐坐，况且我还要给摩写信。在灯下不知不觉地就写了九张纸，还是不能尽意，薄薄的几张纸能写得上多少字呢？

临睡时又看了几张摩的日记，不觉又难受了半天。可叹我自小就是心高气傲，想享受别的女人不大容易享受得到的一切，而结果现在反成了一个一切都不如人的人。其实我不羡富贵，也不慕荣华，我只要一个安乐的家庭，如心的伴侣，谁知连这一点要求都不能得到，只落得终日里孤单的，有话都没有人能讲，每天只是强自欢笑地在人群里混。又因为我不愿意叫人家知道我现在是不快乐，不如意，所以我装着是个快乐的人，我明知道这种办法是不长久的，等到一旦力尽心疲，要再装假也没有力气了，人家不是一样会看出来的么？所幸现在已有几个知己朋友知道我，明白我，最知我者当然是摩！他知道我，他简直能真正地了解我，我也明白他，我也认识他是一个纯洁天真的人，他给我的那一片纯洁的爱，使我不能不还给他一个整个的圆满的永没有给过别人的爱的。

一九二五年三月十四日

昨天忙了一天，起身就叫娘来赶了去，叫我陪她去医院，可是几件事一做，就晚了来不及去了。吃了饭回家写了一封信给摩，下午S来谈话，两人不知不觉说到晚上十一点才走，大家有相见恨晚的感想，痛快得很。

一九二五年三月十七

可恨昨天才写得有趣的时候，他忽然地回来了。我本想一个人舒舒服服地过几个清闲的晚上的，借着笔发泄发泄心里

的愁闷，谁知又不能如愿。W、C都来过，也无非是大家瞎谈一阵闲话，一无可记的，倒是前天S的几句话，引起我无限的怅惘。我现在正好比在黑夜里的舟行大海，四面空阔无边，前途又是茫茫的不知何日才能达到目的地，也许天空起了云雾，吹起狂风降下雷雨，将船打碎沉没海底永无出头之日；也许就能在黑雾中走出个光明的月亮，送给黑沉沉的大海一片雪白的光亮，照出了到达目的地去的方向。所以看起来一切还须命运来帮忙，人的力量是很有限的。S说当初他们都不大认识我的，以为不是同她们一类的，现在才知道我。咳，也难怪！我是一个没有学问很浅薄的女子，本来我同摩相交自知相去太远，但是看他那样的痴心相向，而又受到了初恋的痛苦，我便怎样也不能再使他失望了。摩，你放心，我永不会叫你失望就是，不管有多少荆棘的路，我一定走向前去找寻我们的幸福，你放心就是！

　　S走后，我倒床就哭，自己也不知道何处来的那许多眼泪，我想也许是这一个礼拜实在过得太慢了，太凄惨了，以后的日子不知怎样才能度过呢？昨天接着摩给娘的信，看得我肝肠寸断了，那片真诚的心意感动了我，不怕连日车上受的劳顿，在深夜里还赶着写信，不是十二分地爱我怎能如此？摩，我真感谢你。在给我的信中虽然没有多讲，可是我都懂得的，爱！你那一个字一个背影我都明白的，我知道你一字一泪，也太费苦心了，其实你多写也不妨。我昨晚得一梦，早知你要来信，所以我早预备好了，不会叫他看见的。我近日常梦见你，摩，梦见你给我许多梅花，又香，又红，又甜，醒来后一切都没有了，可是那时我还闭着眼不敢动（怕吓走了甜蜜的梦境），来回地想——想起我们在月下清谈的那几天是多有趣呀！现在呢？远在千里外，叫亦听不见；要是我们能不受环境

的压迫，携手同游欧美，度我们理想的日子，够多美呢！到今天我有些后悔不该不听你的话了。

刚才念信时心里一阵阵地酸，真苦了你了，我的爱，我害你了，使你一个人冷清清地受那孤单旅行的苦，我早知道没有人照顾你是不行的，你看是不是又着凉了？我真不放心，不知道有什么法子可以使得你自己会当心一点冷暖才好，你要知道你在千里外生病，叫我怎能不急得发晕？今天是礼拜，我偏有不能辞的应酬，非去不可，但是我的心直想得一个机会来静静地多写几张日记，多写几行信，哪有余情来做无谓的应酬？难怪我一晚上闹了几个笑话，现在自己想想都是可乐的，"心无二用"这句话真是透极了，一个人只要心里有了事情，随便做什么事都要错乱的。

S说，男女的爱一旦成熟结为夫妇，就会慢慢地变成怨偶的，夫妻间没有真爱可言，倒是朋友的爱较能长久。这话我认为对极了，我觉得我们现在精神上的爱情是不会变的，我也希望我们永远做精神上的好朋友，摩，不知你愿否？我现在才知道夫妻间没有真爱情而还须日夜相缠，身体上受的那种苦刑是只能苦在心，不能为外人道的。我今天写得很舒服，明天恐怕没有机会了，因为早晨须读书，饭后随娘去医院，下午又要到妹妹家去，晚上又是那法国人请客，许多不能不去做的事情又要缠着一整天，真是苦极了。

一九二五年三月十九

你瞧！一下就连着三天不能亲近我的日记。十六那天本想去妹妹家的，谁知是三太太的生日，又是不能不去，在她家碰见了寄妈，被她取笑得我泪往里滚。摩，我害了你了，我是

不怕，好在叫人家说惯了，骂我的人，冤枉我的人也不知有多少，我反正不与人争辩，不过我不愿意连你也为我受骂。咳！我真恨，恨天也不怜我，你我已无缘，又何必使我们相见，且相见而又在这个时候，一无办法的时候健在这情况之下真用得着那句"恨不相逢未嫁时"的诗了。现在叫我进退两难，丢去你不忍心，接受你又办不到，怎不叫人活活地恨死！难道这也是所谓天数么？

今天是S请吃饭，有W、H等几个人的清谈，倒使我精神一畅呢！回家就接着你由哈尔滨寄来的一首诗，咳，真苦了你了！我知道你是那样的凄冷，那样地想念我，而又不能在笔下将一片痴情寄给我，连说话都不能明说，反不如我倒可以将胸中的思念一字一句都寄给你，让你看了舒服，同时我也会感觉着安慰。因此我就想到你不能说的苦，慢慢地肚子一定要胀破的。不过你等着吧，一有办法你就可以尽量地发泄你的爱的，我一定要寻一个通信的地址。今晚我无意中说了一句，这个礼拜为什么过得这样慢，W他们都笑起来，我叫他们笑得脸红耳热，越发地难过了，因为我本来就不好过，叫他们再一取笑，我真要哭出来了；还是S看我可怜救了我的。

一九二五年三月二十二

昨天才写完一信，T来了，谈了半天。他倒是个很好的朋友，他说他那天在车站看见我的脸吓一跳，苍白得好像死去一般，他知道我那时的心一定难过到极点了。他还说外边谣言极多，有人说我要离婚了，又有人说摩一定不是填爱我，若是真爱决不肯丢我远去的。真可笑，外头人不知道为什么都跟我有缘似的，无论男女都爱将我当一个谈话的好材料，没有可说也

得想法造点出来说，真奇怪了。T也说现在是个很好的脱离机会，可是娘呢？咳，我的娘呀！你可害营了我啦，我一生的幸福恐怕要为你牺牲了！

摩，为你我还是拼命干一下的好，我要往前走，不管前面有几多的荆棘，我一定直着脖子走，非到筋疲力尽我决不回头的。因为你是重正地认识了我，你不但认识我表面，你还认清了我的内心。我本来老是自恨为什么没有人认识我，为什么人家全拿我当一个只会玩只会穿的女子；可是我虽恨，我并不怪人家，本来人们只看外表，谁又能真生一双妙眼来看透人的内心呢？受着的评论都是自己去换得来的，在这个黑暗的世界有几个是肯拿真性灵透露出来的？像我自己，还不是一样成天埋没了本性以假对人的么？只有你，摩！第一个人能从一切的假言假笑中看透我的真心，认识我的苦痛，叫我怎能不从此收起以往的假而真正地给你一片真呢！自从认识了你，我就有改变生活的决心，为你我一定认真地做人了。

因为昨晚一宵苦思，今晨又觉满身酸痛，不过我快乐，我得着了一个全静的夜。本来我就最爱清静的夜，静悄悄，只有我一个人，只有嘀嗒的钟声做我的良伴，让我爱做什么就做什么，不论坐着，睡着，看书，都是安静的，再无聊时耽着想想，做不到的事情，得不着的快乐，只要能闭着眼像电影似的一幕幕在眼前飞过也是快乐的，至少也能得着片刻的安慰。昨晚我想你，想你现在一定已经看得见西伯利亚的白雪了，不过你眼前虽有不容易看得到的美景，可是你身旁没有了陪伴你的我，你一定也同我现在一般感觉着寂寞，一般心内叫着痛苦的吧！我从前常听人言生离死别是人生最难忍受的事情，我老是笑着说人痴情，谁知今天轮到了我身上，才知道人家的话不是虚的，全是从痛苦中得来的实言，我今天才身受着这种说不出叫不明的痛苦，生离已经够

受的了，死别的味儿想必更不堪设想吧。

回家陪娘去看病，在车中我又探了探她的口气，我说照这样的日子再往下过，我怕我的身体上要担受不起了。她倒反说我自寻烦恼，自找痛苦，好好的日子不过，一天到晚只是去模仿外国小说上的行为，讲爱情，说什么精神上痛苦不痛苦，那些无味的话有什么道理。本来她在四十多年前就生出来了，我才生了二十多年，二十年内的变化与进步是不可计算的，我们的思想当然不能符合了。她们看来夫荣子贵是女子的莫大幸福，个人的喜乐哀怒是不成问题的，所以也难怪她不能明了我的苦楚。本来人在幼年时灌进脑子里的知识与教育是永不会迁移的，何况是这种封建思想与礼教观念，更不容易使她忘记。所以从前多少女子，为了怕人骂，怕人背后批评，甘愿自己牺牲自己的快乐与身体，怨死闺中，要不然就是终身得了不死不活的病，呻吟到死。这一类的可怜女子，我敢说十个里面有九个是自己明知故犯的，她们可怜，至死还不明白是什么害了她们。摩！我今天很运气能够遇着你，在我不认识你以前，我的思想，我的观念，也同她们一样，我也是一样地没有勇气，一样地预备就此糊里糊涂地一天天往下过，不问什么快乐什么痛苦，就此埋没了本性过它一辈子完事的；自从见着你，我才像乌云里见了青天，我才知道自埋自身是不应该的，做人为什么不轰轰烈烈地做一番呢？我愿意从此跟你往高处飞，往明处走，永远再不自暴自弃了。

一九二五年三月二十八

一连又是几天不能亲近你了，摩！这日子真有点过不下去了，一天到晚只是忙些无味的应酬，你的信息又听不到，你

的信也不来，算来你上工也有十几天了，也该有信来了，为什么天天拿进来的信我老也见不着你的呢？难道说你真的预备从此不来信了么？也许朋友们的劝慰是有理的。你应该离开我去海外洗一洗脑子，也许可以洗去我这污浊的黑影，使你永远忘记你曾经认识过我。我的投进你的生命中也许是于你不利，也许竟可破坏你的终身的幸福的，我自己也明白，也看得很清，而且我们的爱是不能让社会明了，是不能叫人们原谅的。所以我不该盼你有信来，临行时你我不是约好不通信，不来往，大家试一试能不能彼此相忘的么？在嘴里说的时候，我的心里早就起了反对（不知你心里如何），口内不管怎样地硬，心里照样还是软绵绵的；那一忽儿的口边硬在半小时内早就跑远了，因此不等到家我就变了主意，我信你也许同我一样，不过今天不知怎样有点信不过了，难道现在你真想实行那句话了么？难道你才离开我就变了方向了么？你若能真的从此不理我倒又是一件事了。本来我昨天就想退出了，大概你在第三封信内可以看见我的意思了，你还是去走那比较容易一点的旧路吧，那一条路你本来已经开辟得快成形了，为什么又半路中断去呢？前面又不是绝对没有希望，你不妨再去走走看，也许可以得到圆满的结果，我这边还是满地的荆棘，就是我二人合力地工作也不知几时才可以达到目的地呢！其中的情形还要你自己再三想想才好。我很愿意你能得着你最初的恋爱，我愿意你快乐，因为你的快乐就和我的一样。我的爱你，并不一定要你回答我，只要你能得到安慰，我心就安慰了，我还是能照样地爱你，并不一定要你知道的。是的，摩！我心里乱极了，这时候我眼里已经没有了我自己，我心里只有你的影子，你的身体，我不要想自身的安全，我只想你能因为爱我而得到一些安慰，那我看着也是乐的。

一九二五年三月二十九日

前天写得好好的，他又回来了。本来这几天因为他在天津所以我才得过着几天清闲的日子，在家里一个人坐着看看书，写写字，再不然想你时就同你笔上谈谈，虽然只是我一个人自写自意，得不着一点回音，可是我觉得反比同一干不懂的人谈话有趣得多。现在完了，我再也不能得到安慰了。所以昨天我就出去了一整天，吃饭，看戏，反正只要有一个去处，便能将青天快快地变成黑天。怪的倒是你为什么还没有信来？你没有信来我就更坐立不安了；我的心每天只是无理由的跳，好好的跟人家说着话的时候我也会一阵阵地脸红心跳，自己也不知道是为了什么，这样下去，我怕要得心脏病了。

一九二五年四月十二

好，这一下有十几天没有亲近你了，吾爱，现在我又可以痛痛快快地来写了。前些日因为接不着你的信，他又在家，我心里又烦，就又忘了你的话，每天只是在热闹场中去消磨时候，不是东家打牌就是出外跳舞，有时精神委顿下来也不管，摇一摇头再往前走，心里恨不得从此消灭自身，眼前又一阵阵地糊涂起来，你的话，你的劝告也又在耳边打转身了。有时娘看得我有些出了神似的就逼着我去看医生，碰着那位克利老先生又说得我的病非常地沉重，心脏同神经都有了十分的病。因此父母为我又是日夜不安，尤其是伯伯每天跟着我像念经似的劝，叫我不能再如此自暴自弃。看了老年人着急的情形，我便只能答应吃药。可笑！药能治我的病么？再多吃一点也是没有用的，心里的病医得好么？一边吃药，一边还是照样

地往外跑，结果身体还是敌不过，没有几天就真正病倒在床上了。这一来也就不得不安静下来，药也不能不吃了。还好，在这个时候我得着了你的安慰，你一连就来了四封信，他又出了远门，这两样就医好了我一半的病。这时候我不病也要求病了，因为借了病的名字我好一个人静静地睡在床上看信呀！摩！你的信看得我不知道蒙了被哭了几次，你写得太好了，太感动我了，今天我才知道世界上的男人并不都是像我所想象那样的，世界上还有像你这样纯粹的人呢，你为什么会这样的不同的呢？

摩！我现在又后悔叫你走了，我为什么那样地没有勇气，为什么要顾着别人的闲话而叫你去一个人在冰天雪地里过那孤单的旅行生活呢？这只能怪我自己太没有勇气，现在我恨不能丢去一切飞到你的身边来陪你。我知道你的苦，摩，眼前再有美景也不会享受的了。咳！我的心简直痛得连话都说不出来了，这样的日子等不到你回来就要完的。这几天接不着你的信已经够害得我病倒，所以只盼你来信可以稍得安心，谁知来了信却又更加上几倍的难受。这一忽儿几百支笔也写不出我心头的乱，什么味儿自己也说不出，只觉得心往上钻，好像要从喉管里跳出来似的，床上再也睡不住了，不管满身热得多厉害，我也再按止不住了，在这深夜里再不借笔来自己安慰自己，我简直要发疯了。摩，你再不要告诉我你受了寒的话吧：你不病已经够我牵挂的了，你若是再一病那我是死定了。我早知道你是不会自己管自己的，所以临行时我是怎样叮咛你的，叫你千万多穿衣服，不要在车上和衣睡着，你看，走了不久就着冷了。你不知道过西伯利亚时候够多冷，虽然车里有热气，你只要想薄薄的一层玻璃哪能挡得住成年不见化的厚雪的寒气。你为什么又坐着睡着呢？这不是活活急死我么？受

了一点寒还算运气，若是变了大病怎么办？我又不能飞去，所以只能你自己保重啊。

你也不要怨了，一切一切都是命，我现在看得明白极了，强求是无用，还是忍着气，耐着心等命运的安排吧。也许有那么一天等天老爷一看见了我们在人间挣扎的苦况，哀怜的叫声，也许能叫动他的怜恤心给我们相当的安慰，到那时我们才可以吐一口气了！现在纵然是苦死也是没有用的，有谁来同情你？有哪一个能怜恤你？还不如自认了吧。人要强命争气是没有用的，只要看我们现在一隔就是几千里，谁叫谁都叫不着，想也是枉然。一个在海外惆怅，一个在闺中呻吟，你看！这不是命运么？这难道不是老天的安排？这不是他在冥冥中使开他那蒲扇般的大手硬生生地撕开我们么？柔弱的我们，哪能有半点的倔强？不管心里有多少的冤屈，事实是会有力量使得你服服帖帖地违背着自己的心来做的。这次你问心是否愿意离着我远走的，我知道不是！谁都能知道你是勉强的，不过你看，你不是分明去了么？我为什么不留你？为什么会甘心地让你听了人家的话而走呢？为什么我们二人没有决心来挽回一切？我心里分明口口声声地叫你不要走，可是你还不是照样地走了！你明白不？天意如此，就是你有多大的力量也挽回不转的。所以我一到愁闷得无法自解的时候，就只好拿这个理由来自骗了。

现在我一个人静悄悄地独坐在书桌前，耳边只听见街上一声两声的打更声，院子里静得连风吹树叶的声音都没有，什么都睡了，为什么我放着软绵绵的床不去睡，别人都一个个正浓浓地做着不同的梦，我一个人倒肯冷清清地呆坐着呢？为谁？怨谁？摩，只怕只有你明白吧！我现在一切怨恨哀痛，都不放在心里，我只是放心不下你，我闭着眼好像看见你一个人

和衣耽在车厢里，手里拿了一本书，可是我敢说你是一句也没有看进去，皱着眉闭着眼地苦想，车声风声大得也分不出你我，窗外是黑得一样也看不出，车里虽有暗暗的一只小灯，可也照不出什么来。在这样惨淡的情形下，叫你一个人去受，叫我哪能不想着就要发疯？摩！我害了你，事到如今我也明知没有办法的了，只好劝你忍着些吧；你快不要独自惆怅，你快不要让眼前风光飞过，你还是安心多作点诗多写点文章吧，想我是免不了的。我也知道，在我们现在所处的地位，彼此想要强制着不想是不可能的，我自己这些日子何尝不是想得你神魂颠倒。虽然每天有意去寻事做，想减去想你的成分，结果反做些遭人取笑的举动使人家更容易看得出我的心有别思，只要将我比你，我就知道你现在的情形是怎样了。别的话也不用说了，摩，忍着吧！我们现在是众人的俘虏了，快别乱动，一动就要招人家说笑的，反正我这一面由我尽力来谋自由，等机会来了我自会跳出来，只要你耐心等着不要有二心。

我今天提笔的时候是满心云雾，包围得我连光亮都不见了，现在写到这里，眼前倒像又有了希望，心底里的彩霞比我台前的灯光还亮，满屋子也好像充满了热气使人遍体舒适。摩！快不用惆怅，不必悲伤，我们还不至于无望呢！等着吧！我现在要去寻梦了，我知道梦里也许更能寻着暂时的安慰，在梦里你一定没有去海外，还在我身抛低声地叮咛，在颊旁细语温存。是的，人生本来是梦，在这个梦里我既然见不着你，我又为什么不到那一个梦里去寻你呢？这一个梦里做事都有些碍手阻脚的，说话的人太多了，到了那一个梦里我相信你我一定能自由做我们所要做的事，绝没有旁人来毁谤，再没有父母来干涉了！摩，要是我们能在那一个梦里寻得着我们的乐土，真能够做我们理想的伴侣，永远地不分离，不也是一样的

么？我们何不就永远住在那里呢？咳！不要把这种废话再说下去了，天不等我，已经快亮了，要是有人看见我这样地呆坐着写到天明，不又要大惊小怪吗？不写了，说了许多废话有什么用处呢？你还是你，还是远在天边，我还是我，一个人坐在房里，我看还是早早地去睡吧！

一九二五年四月十五

病一好就成天往外跑，也不知哪儿来的许多事情，躲也躲不远，藏也没有地方藏，每天像因犯似的被人监视着，非去不可，也不管你心里是什么味儿。更加一个娘，到处都要我陪着去；做女儿的这一点责任又好像无可再避，只得成天拿一个身体去酬应她们，不过心里的难过是没有人可以知道的了。害得我一连几天不能来亲近你，我的爱，这种日子也真亏我受得了！今天又和母亲大闹，我就问她："一个人做人还是自己做呢，还是为着别人做的？"我觉得一个人只要自己对得住自己就成了，管别人的话是管不了许多的。这许多人你顺了这个，那个也许不满意，听了那一个的话又违背了这一个，结果是永远不会全满意的。为了要博取人家一句赞美的话而牺牲了自己的幸福，我看这种人多得很呢；我不愿再去把自己牺牲了，我还是管了我自己的好，摩，你说对么？

真的，今天还有一件事使我难受到极点：今天我同娘争论了半天，她就说"我忘了告诉你一件事，你先慢慢地走我还有话呢"，说着她就从床前抽屉里拿出一封信往我面前一掷，我一看，原来是你的笔迹。我倒呆了半天，不知你写的什么，心里不由得就跳荡起来了，我拿着一口气往下看，看得我眼里的泪珠遮住了我的视线，一个字一个字都像被浓雾裹着似

的，再也看不下去了。

摩！我的爱，你用心太苦了，你为我想得太周密了，你那一片清脆得像稚儿的真诚的呼唤声，打动了我这污浊的心，使我立刻觉得我自身的庸俗。你的信中哪一句话不是从心底里回转几遍才说出来的，哪一字不是隐念着我的？你为我，咳！你为我太苦了，摩！你以为你婉转劝导一定能打动她的心，多少给我们一条路走走，哪知道你明珠似的话好似跌入了没底的深海，一点光辉都不让你发，你可怜的求告又何尝打得动她像滑石一般硬的心呢！一切不是都白费了么？到这种情况之下你叫我不想死还去想什么呢？不死也要疯了，我再不能挣扎下去了，我想非去西山静两天不可了。只能暂时放下了你再讲，我也不管他们许不许，站起来就走，好在这不是跟人跑，同去的都是长辈亲友，他们再也说不出别样新鲜话了。只是一件，你要有几天接不到我的信呢。

一九二五年四月十八

那天写着写着他就回来了，一连几天乱得一点空闲也没有，本想跑到西山养病，谁知又改了期，下星期一定去得成了。事情是一天比一天复杂，他又有到上海去做事的消息，这次来进行的，若是事情办成，我又不知道要发配到何处呢？摩！看起来我们是凶多吉少。怎办？我的身体又成天叫他们缠着，每次接着你的信，虽然片刻的安慰是有的，不过看着你一个人在那里呻吟痛苦，更使我心碎。我以前见着人家写"心碎"这两个字，我老以为是说得过分；一个人心若是碎了，人不是也要死了么？谁知道天下的成句是无有不从经验中得来的，我现在真的会觉着心碎了。一到心里沉闷得无法解脱时，

我就会感得心内一阵阵地痛，痛得好似心在那儿一块一块撕下来，还同时觉得往下坠，那一种味儿我敢说世界上没有几个人能享受得到，摩！我也可算得不冤枉了，什么味儿我都尝着过了，所谓人生，我也明白了。要是没有你，我真可以死了。

这两天我连娘的面都不敢见了，暂且躲过两天再说，我只想写信叫你回来，写了几次都没有勇气寄。其实你走了也不过一个多月，可是好像有几年似的，而且心里老有一种感想，好像今生再见不着你了。这是一种坏现象，我知道。我心里总是一阵阵地怕，怕什么我也不知道，只觉着我身边自从没有了你就好似没有了灵魂一样。我只怕没有了你的鞭督，我要随着环境往下流，没有自拔的勇气，又怕懦弱的我容易受人家的支配，眼前一切都乱得像一蓬乱发无从理起，就是我的心也乱得坐卧不宁，我知道一定又要有不幸的事情发生了，他又成天地在家，我简直连写日记的工夫都没有了。

一九二五年四月二十

昨天在酒筵前听到说你的小儿子死了，听了吓一跳，不幸的事为什么老接连着缠扰到我们身上来？为什么别人的消息倒比我快，你因何信中一字不提！不知你们见着最后的一面没有？我知道你很喜欢这个小的孩子，这一下又要害你难受几天。但愿你自己保重，摩！我这几日大不好，写信也不敢告诉你，怕你为我担忧，看起来我的身体要支撑不住了，每天只是无故地一阵阵心跳，自你走后我常无端地就耳热心跳，起头我还以为是想着你才有这现象，现在不好了，每天要来几回了。恐怕大病就在这眼前了，若是不立刻离开这环境，简直一两天内就要倒下来了。

一九二五年四月二十四

现在我要暂时与你告别，我的爱！我决定去大觉寺休养两礼拜了，在那儿一定没有机会写的，虽然我是不忍片刻离开你的，可是要是不走又要生出事来了，只好等你回来再细细地讲给你听吧！现在我拿你暂时锁起来！爱！让你独自闷在一方小屋子里受些孤单！好不？你知道，要是不将你锁起，一定有贼来偷你！一定要有人来偷看你！我怕你给别人看了去，又怕偷了去，只好请你受点闷气了，不要怨我恨我！

一九二五年五月十一

这一回去得真不冤，说不尽的好，等我一件件地来告诉你。我们这几天虽然没有亲近，可是没有一天我不想你的，在山中每天晚上想写，只可恨没有将你带去，其实带去也不妨，她们都是老早上了床，只有我一个睡不着呆坐着，若是带了你去不是我可以照样每天亲近你吗？我的日记呀，今天我拿起你来心里不知有多少欢喜，恨不能将我要说的话像机器似的倒出来，急得我反不知从哪里说起了。

那天我们一群人到了西山脚下，改坐轿子上大觉寺，一连十几个轿子一条蛇似的游着上去，山路很难走，坐在轿上滚来滚去像坐在海船上遇着大风一样地摇摆，我是平生第一次坐，差一点拿我滚了出来。走了三里多路快到寺前，只见一片片的白山，白得好像才下过雪一般，山石树木一样都看不清，从山脚一直到山顶满都是白，我心里奇怪极了：这分明是暖和的春天，身上还穿着夹衣，微风一阵阵吹着入夏的暖气，为什么眼前会有雪山涌出呢？打不破这个疑团，我只得回

头问那抬轿的轿夫："喂！你们这儿山上的雪，怎么到现在还不化呢？"那轿夫跑得面头流着汗，听了我的话他们也好像奇怪似的一面擦汗一面问我："大姑娘，您说什么？今年的冬天比哪年都热，山上压根儿就没有下过雪，您哪儿瞧见有雪呀？"他们一边说着便四下里去乱寻，脸上都现出了惊奇的样子。那时我真急了，不由得就叫着说："你们看那边满山雪白的不是雪是什么？"我话还没有说完，他们倒都狂笑起来了。"真是城里姑娘不出门！连杏花儿都不认识，倒说是雪，您想五六月里哪儿来的雪呢？"什么？杏花儿！我简直叫他们给笑呆了。顾不得他们笑，我只乐得恨不能跳出轿子一口气跑上山去看一个明白。天下真有这种奇景么？乐极了也忘记我的身子是坐在轿子里呢，伸长脖子直往前看，急得抬轿的人叫起来了："姑娘，快不要动呀，轿子要翻了。"一连几晃，几乎把我抛入小涧去。这一下才吓回了我的魂，只好老老实实地坐着再也不敢乱动了。

上山也没有路，大家只是一脚脚地从这块石头跳到那一块石头上，不要说轿夫不敢斜一斜眼睛，就是我们坐的人连气都不敢喘，两只手使劲拉着轿杠儿，两个眼死盯着轿夫的两只脚，只怕他们一失脚滑下山涧去。那时候大家只顾着自己性命的出入，眼前不易得的美景连斜都不去斜一眼了。

走过一个石山顶才到了平地，一条又小又弯的路带着我们走进大觉寺的山脚下。两旁全是杏树林，一直到山顶，除了一条羊肠小路只容得一个人行走以外，简直满都是树。这时候正是五月里杏花盛开的时候，所以远看去简直像是一座雪山，走近来才看出一朵朵的花，坠得树枝都看不出了。

我们在树荫里慢慢地往上走，鼻子里微风吹来阵阵的花香，别有一种说不出的甜味。摩，我再也想不到人间还有这样

美的地方，恐怕神仙住的地方也不过如此了。我那时乐得连路都不会走了，左一转右一转，四围不见别的，只是花。回头看见跟在后面的人，慢慢在那儿往上走，好像都在梦里似的，我自己也觉得我已经不是一个人了。这样的所在简直不配我们这样的浊物来，你看那一片雪白的花，白得一尘不染，哪有半点人间的污气？我一口气跑上了山顶，站上一块最高的石峰，定一定神往下一看，呀！摩，你知道我看见了什么？咳，只恨我这支笔没有力量来描写那时我眼底所见的奇景！真美！从上往下斜着下去只看见一片白，对面山坡上照过来的斜阳，更使它无限的鲜丽，那时我恨不能将我的全身滚下去，到花间去打一个滚，可是又恐怕我压坏了粉嫩的花瓣儿。在山脚下又看见一片碧绿的草，几间茅屋，三两声狗吠声，一个田家的景象，满都现在我的眼前，荡漾着无限的温柔。这一忽儿我忘记了自己，丢掉了一切的烦恼，喘着一口大气，拼命地想将那鲜甜味儿吸进我的身体，洗去我五脏内的浊气，重新变一个人。我愿意丢弃一切，永远躲在这个地方，不要再去尘世间见人。真的，摩，那时我连你都忘了。一个人呆在那儿，不是他们叫我我还不醒呢！

　　一天的劳乏，到了晚上，大家都睡得正浓，我因为想着你不能安睡，窗外的明月又在纱窗上映着逗我，便一个人就走到了院子里去，只见一片白色，照得梧桐树的叶子在地下来回地飘动。这时候我也不怕朝露里受寒，也不管夜风吹得身上发抖，一直跑出了庙门，一群小雀儿让我吓得一起就向林子里飞，我睁开眼睛一看，原来庙前就是一大片杏树林子。这时候我鼻子里间着一阵芳香，不像玫瑰，不像白兰，只熏得我好像酒醉一般。慢慢地我不觉耽了下来，一条腿软得站都站不住了。晕沉沉的耳边送过来清呖呖的夜莺声，好似唱着歌，在嘲

笑我孤单的形影；醉人的花香，轻含着鲜洁的清气，又阵阵地送进我的鼻管。忽隐忽现的月华，在云隙里探出头来从雪白的花瓣里偷看着我，也好像笑我为什么不带着爱人来。这恼人的春色，更引起我想你的真挚，逗得我阵阵心酸，不由得就睡在蔓草上闭着眼轻轻地叫着你的名字（你听见没有）。我似梦非梦地睡了也不知有多久，心里只是想着你——忽然好像听得你那活泼的笑声，像珠子似的在我耳边滚，"曼，我来"，又觉得你那伟大的手，紧握着我的手往嘴边送，又好像你那顽皮的笑脸，偷偷地偎到我的颊边抢了一个吻去。这一下我吓得连气都不敢喘，难道你真回来了么？急急地睁眼一看，哪有你半点影子？身旁一无所有，再低头一看，原来才发现我自己的右手不知道在什么时候握住了我的左手，身上多了几朵落花，花瓣儿飘在我的颊边好似你来偷吻似的。真可笑！迷梦的幻影竟当了真！自己便不觉无味得很，站起来，只好拿花枝儿泄气，用力一拉，花瓣儿纷纷落地，打得我一身；林内的宿鸟以为起了狂风，一声叫就往四外里乱飞。一个美丽的宁静的月夜叫我一阵无味的恼怒给破坏了。我心里也再不要看眼前的美景，一边走一边想着你。为什么不留下你？为什么让你走？

一九二五年五月十四

回来了不过三天，气倒又受了一肚子。你的信我都见着了，不要说你过的是什么日子，我又何尝是过的人的日子？两个人在两地受罪，为的是什么？想起来真恼人，这次山中去了几天，再受着无限的伤感，在城里每天沉醉在游戏场中，戏园里，同跳舞场里，倒还能暂时忘记自己，随着歌声舞影去附和；这次在清静的山中让自然的情景一熏，反激起我心头的悲

恨，更引动我念你的深切。我知道你也是一般地痛苦，我相信你一个人也是独乐不了，这何苦——摩！你还是回来吧！

事情看起来又要变化了，这几天他又走了，听说这次上海事情若是成功，就要将家搬去，我现在只是每天在祝祷着不要如了他们的愿，不知道天能可怜我们不？在山中我探了一探亲友们的口气，还好！她们大半都同情于我的，却叫我做事情不要顾前顾后，要做就做，前后一顾倒将胆子给吓小了。这话是不错的，不过别人只会说，要是犯到自己身上，也是一样的没有主意。现在我倒不想别的，只想躲开这城市。

这一番山中的生活更打动了我的心，摩！我想到万不得已时我们还是躲到山里去吧！我这次看见好几处美丽的庄园，都是花二三千块钱买一座杏花山，满都是杏花，每年结的杏子，卖到城里就可以度日，山脚下造几间平屋，竹篱柴门，再种下几样四季吃的素菜，每天在阳光里栽栽花种种草，再不然养几个鸟玩玩，这样的日子比做仙人都美。

这次我们坐着轿出去玩的时候，走过好几处这样的人家，有的还请我吃饭呢，他们也不完全是乡下人，虽然他们不肯告诉我们名姓，我们也看得出是那些隐居的人；若是将他们的背景一看，也难说不是跟我们一样的。我真羡慕他们，我眼看他们诚实的笑脸，同那些不欺人的言语，使我更感觉到自己的渺小。摩！我看世间纯洁的心，只有山中还有一两颗。

我知道局面又要有转变，但不知转出怎样的面目来。为了心神的不安定，我更是坐立不安，不知道做什么才好，要想打电报去叫你回来，却又不敢，不叫又没有主意。摩！这日子真不如死去！我也曾同朋友们商量过，他们劝我要做就不可失去这个机会，不如痛痛快快地告诉了他们，求他们的同意，等他们不答应时，我们再想对付的办法；若是再低头跟他

们走，那就再没有出头的日子了。摩！这时候我真没有主意了，这个问题一天到晚地在我脑中转，也决不定一个办法。你又不在，一封信来回就要几十天；不要说几十天，就是几天都说不定出什么变化呢！睡也睡不着；白天又要去酬应，所以精神觉得乏极，你看吧！大病快来了。

一九二五年六月二十一

好！这一下快一个月没有写了。昨天才回来的，摩，你一定也急死了，这许久没有接着我的信。自从同他闹过我就气病了，一件不如意，件件不如意，不然还许不至于病倒，实在是可气的事太多了，心里收藏不下便只好爆发。那天闹过的第三天又为了人家无缘无故地把意外的事情闹到我头上来，我当场就在饭店里病倒，晕迷得人事不知，也不知什么时候他们把我抬了回来，等我张开眼，已经睡在自己床上了。我只觉得心跳得好像要跑出喉管，身体又热得好像浸在火里一般，眼前只看见许多人围在床边叫我不要急，已经去请医生了。到三点多钟B才将医生打仗似的从床上拉了起来，立刻就打了两针，吃了一点药。这个老外国克利医生本是最喜欢我的，见我病了他更是尽心地看；坐在床边拉着我的手数脉跳的数目，屋子里的人却是满面愁容连大气都不敢出，我看大家的样子，也明白我病得不轻。等了二十几分钟我心跳还不停，气更喘得透不过来，话也一句说不出，只看见W、B同医生轻轻地走出外边唧唧细语，也不知道说些什么。一忽儿W轻轻地走到床边在我耳旁细声地说："要不要打电报叫摩回来？"我虽然神志有些昏迷，可是这句话我听得分外清楚的。我知道病一定是十分凶险，心里倒也慌起来了。"是不是我要死了？"他看我发急

的样子，又怕我害怕，立刻和缓着脸笑眯眯地说："不是，病是不要紧，我怕你想他所以问你一声。"我心里虽是十二分愿意你立刻飞回我的身旁，可是懦弱的我又不敢直接地说出口来，只好含着一包热泪对他轻轻地摇了一摇头。

医生看我心跳不停，也只好等到天亮将我送进医院，打血管针，照X光，用了种种法子才将我心跳止住。这一下就连着跳了一日一夜，跳得我睡在床上软得连手都抬不起来；到了第三天我才知道W已经瞒着我同你打了电报，不见你的回电，我还不知道呢！

自从接着你的电报我就急得要命，自己又没有力气写信，看你又急得那样子，又怕你不顾一切地跑了回来；只好求W给你去信将病情骗过，安了你的心再说。头几天我只是心里害怕，他们又不肯对我实说，我只怕就此见不着你，想叫你回来，一算日子又怕等你到，我病已经好了，反叫人笑话。到第四天，医生坐在床上同我说许多安慰的话，他说，你若是再胡思乱想不将心放开，心跳不能停，再接连地跳一日一夜就要没有命了；医生再有天大的能力也挽不回来了。天下的事全凭人力去谋的，你若先失却了性命，你就自己先失败。听了他这一番话我才真正地丢开一切，什么也不想；只是静静地休养，一个人住了一间很清静的病房，白天有W同B等来陪我说笑，晚上睡得很早，一个星期后才见往好里走。

在医院里除了想你外，别的都很好：这次病中多亏W同B的好意，你回来必须好好地谢谢他们呢！这时候我又回到了自己家里。他是早就在我病的第二天动身赴沪了，官要紧，我的病是本来无所谓的。走了倒好，使我一心一意地静养，总算过着二十天清闲日子，不过一个人静悄悄地睡在床上更是想你不完。你的信虽然给我不少安慰，可也更加我的

惆怅。现在出了院问题就来了，今天还是初次动笔，不能多写，明后天再说吧。

一九二五年六月二十八

因为没有力气，所以耽在床上看完一本 *The Painted Veil*，看得我心酸到万分；虽然我知道我也许不会像书里的女人那样惨的。书中的主角是为了爱，从千辛万苦中奋斗，才达到了目的；可是欢聚了没有多少日子男的就死了，留下她孤单单的，跟着老父苦度残年。摩，你想人间真有那样残忍的事么？我不知道为什么要为故人担忧，平白哭了半天，哭得我至今心里还是一阵阵地隐隐作痛呢！想起你更叫我发抖，但愿不幸的事不要寻到我们头上来。只可恨将来的将来，不能让我预先知道，你我若是有不幸的事临头，还不如现在大家一死了事的好。

我正在伤心的时候又接到你三封信，看了使我哭笑不能。摩，我知道你是没有一分钟不在那儿需要我，我也知道你随时随地地在那儿叫着我的名字，爱！你知道我的身体虽然远在此地，我的灵魂还不是成天环绕在你的身旁？你一举一动我虽不能亲眼看见，可是我的内心什么都感觉得到的。

今天在外边吃饭，同桌的人无意（也许是有意）说了一句话，使我好像一下从十八层楼上跌了下来。原来他有一个朋友新从巴黎回来，看见你成天在那里跳舞，并且还有一个胖女人同住。不管是真是假，在我听得的时候怎能不吃惊！况且在座的朋友们，都是知道你我交情很深，说着话的时候当然都对我发笑，好像笑我为什么不识人。那时我虽然装着快乐的样子，混在里面有说有笑，其实我心里的痛苦真好比刀刺还厉害；恨不能立刻飞去看看真假。虽然我敢相信你不会那样

做，不过人家也是亲眼看见的，这种话岂能随便乱说呢？这一下真叫我冷了半截，我还希望什么？我还等什么？我还有什么出头的日子？你看你写的那一封封的信，哪一封不是满含至诚的爱？哪一封不是千斛的想思？哪一字，哪一语不感动得我热泪直流，百般地愧恨？现在我才明白一切都是幻影，一切都是假的。咳，我不要说了，我不忍说了，我心已碎，万事完了，完了，一切完了。

一九二五年七月十六

为了一时的气愤凭空丢了好些日子，也无心于此了。其实今天回过来一想，你一定不会如此的；虽然心里恨你，可是没有用，照样日夜地想你。前天实在忍受不住了，打了一个电报叫你回来，发出了电报又后悔，反正心里左也不是右也不是，白日虽跟着他们游玩，一到夜静，什么都又回到脑子里来了。

今天我的动笔是与你告别了，摩！你知道事情出了大变化——这变化本来是在我预料中的，我也早知道要这样结果的，我自问我的力量是太薄弱，没有勇气，所以只好希望你回来帮助我，或许能挽回一切。你知道，前天我还没有起床就叫家里来的人拉了回去；进门就看见一家人团团围坐在一个屋子里，好像议论什么国家大事似的；有的还正拿着一封信来回地看，有的聚在一起细声地谈论。看了这样严重的情形，倒吓我一跳，以为又是你来了什么信，使得他们大家纷纷议论呢。见我进去，娘就在母舅手里抢过信来掷在我身上，一边还说："你自己去看吧！倒是怎么办？快决定！"我拿起来一看才知道是他来的信。一封爱的美敦书，下令叫娘即刻送我到南方去，这次再不肯去就永远不要我去了。口吻非常严厉，好像长官给下属的命令一

般，好大的口气。我一边看一边心里打算怎样对付；虽然我四面都像是满布着埋伏，不容我有丝毫的反响，可是我心里始终不愿意就此屈服，所以我看完了信便冷冷地说："我道什么大事！原来是这一点小事！这有什么为难之处呢？我愿意去就去，我不愿去难道能抢我去么？"娘听了这话立刻变了脸说："哪有这样容易，嫁鸡随鸡，嫁狗随狗，这是古话；不去算什么？"我那时也无心同他们争论，我只是心里算着你回来的日子，要是你接着电报就走，再有二十天也可以到了，无论如何这几天的工夫总可以设法迟延的，只是眼前先要拖得下才成。所以当时我决定不闹，老是敷衍他们，谁知他们更比我聪明，我心里的意思他们好似看得见一般，简直连这一点都不允许你；非逼着我答应在这一个星期中动身不可，这一来可真恼恨了我，连气带急，将我的老毛病给请了回来。当时心跳得就晕了过去，到灵魂儿转回来时，一屋子的人都已静悄悄的不敢再争着讲话了。我回到家中，什么都不想要了，我觉得眼前一切都完了，希望也没有了，我这里又是处于这种环境之下，你那里要是别人带来的消息是真的话，我不是更没有所望了么？看起来我是一定要叫他们逼走的，也许连最后的一面都要见不着你，我还求什么？不过我明天还要去同他们做一个最后的争论，就是要我走，也非容我见着你永诀了再走不可。咳，摩，这时候你能飞来多好！你叫我一个人怎办？说又没有地方去说，只有W还能相商，不过他又是主张决裂的，强霸的。我又有点不敢。天呀！你难道不能给我一点办法么？我难道连这点幸福都不能享得么？

一九二五年七月十七

　　昨晚苦思一宵，今晨决定去争闹，无论什么来都不怕，

非达到目的不可，谁知道结果还是一样，现在又只剩我一个人大败而回。这一回是真绝望定了，我的力量也穷了。

我走去的时候是勇气百倍，预备拿性命来碰的，所以进内就对他们说，要是他们一定要逼我去的话，我立刻就死，反正去也是死，不过也许可以慢点，那何不痛快点现在就死了呢？这话他们听了一点也不怕，也不屈服，他们反说："好的，要死大家一同死！"好，这一下倒使我无以下台。真死，更没有见你的机会，不死就要受罪，不过我心里是痛苦到万分，既然讲不明白我就站起来想走了。他们见我真下了决心倒又叫了我回去；改用软的法子来骗我，种种地解说，结果是二老对我双泪俱流地苦苦哀求。咳！可怜的他们！在他们眼光下离婚是家庭中最羞惭的事，儿女做了这种事，父母就没有脸见人了，母亲说只要我允许再给他一个机会，要是这次前去他再待我不好、再无理取闹，自有他们出面与我离，决不食言，不过这次无论如何再听他们一次。直说得太阳落了山，眼泪湿了几条手帕，我才真叫他们给软化了。父母到底是生养我的，又是上了年纪；生了我这样的女儿已经不能随他们心，不能顺他们的志愿，岂能再害他们为我而死呢？所以我细细地一想，还是牺牲了自己吧！我们反正年轻，只要你我始终相爱，不怕将来没有机会。只是太苦了，话是容易讲的，只怕实行起来不知要痛苦到如何程度呢！我又是一身的病，有希望的日子也许还能多活几年，要是像现在的岁月，只怕过不了几个月就要萎颓下来了。

摩！我今天与你永诀了，我开始写这本日记的时候，本预备从暗室走到光明，忧愁里变出欢乐，一直地往前走，永远地写下去，将来若是到了你我的天下时，我们还可以合写你我的快乐，到头发白了拿出来看，当故事讲，多美满的理想！现

在完了，一切全完了，我的前程又叫乌云盖住了，黑暗暗的又不见一点星光。

摩！唯一的希望是盼你能在二星期中飞到，你我做一个最后的永诀。以前的一切，一个短时间的快乐，只好算是一场春梦，一个幻影，没有留下一点痕迹，可以使人们纪念的，只能闭着眼想想，就是我惟一的安慰了。从此我不知道要变成什么呢？也许我自己暗杀了自己的灵魂，让躯体随着环境去转，什么来都可以忍受，也许到不得已时我就丢开一切，一个人跑入深山，什么都不要看见，也不要想，同没有灵性的树木山石去为伍，跟不会说话的鸟兽去做伴侣，忘却我自己是一个人，忘却世间有人生，忘却一切的一切。

摩！我的爱！到今天我还说什么？我现在反觉得是天害了我，为什么天公造出了你又造出了我？为什么又使我们认识而不能使我们结合？为什么你平白地来踏进我的生命圈里？为什么你提醒了我？为什么你来教会了我爱？爱，这个字本来是我不认识的，我是模糊的，我不知道爱也不知道苦，现在爱也明白了，苦也尝够了，再回到模糊的路上去倒是不可能了，你叫我怎办？

我这时候的心真是碎得一片片地往下落呢！落一片痛一阵，痛得我连笔都快拿不住了，我好怨！我怨命，我不怨别人。自从有了知觉我没有得到过片刻的快乐，这几年来一直是忧忧闷闷地过日子，只有自从你我相识后，你教会了我什么叫爱情，从那爱里我才享受了片刻的快乐———一种又甜又酸的味儿，说不出的安慰。可惜现在连那片刻的幸福都也没福再享受了。好了，一切不谈了，我今后也不再写什么日记，也不再提笔了。

现在还有一线的希望，就是盼你回来再见一面，我要拿

我几个月来所藏着的话全盘地倒了出来，再加一颗满含着爱的鲜红的心，送给你让你安排，我只要一个没有灵魂的身体让环境去践踏，让命运去支配。

你我的一段情缘，只好到此为止了，此后我的行止你也不要问，也不要打听，你只要记住那随着别人走的是一个没有灵魂的人。我的灵魂还是跟着你的，你也不要灰心，不要骂我无情，你只来回地拿我的处境想一想，你就一定会同情我的，你也一定可以想象我现在心头的苦也许更比你重三分呢！

要是我们来不及见面的话，你也不要怨我，不是我忍心走，也不是我要走，我只是已经将身体许给了父母。我一切都牺牲了，我留给你的是这本破书，虽然写得不像话，可是字字是从我热血里滚出来的，句句是从心底里转了几转才流出来的，尤其是最后这两天！哪一字，哪一句不是用热泪写的？几次的写得我连字都看不清，连笔都拿不动，只是伏在桌上喘。我心里的痛也不用多说，我也不愿意多说，我一直是个硬汉，什么来都不怕，我平时最不爱哭，最恨流泪，可是现在一切都忍受不住了。

摩，我要停笔了，我不能再写下去了；虽然我恨不得永远地写下去，因为我一拿笔就好像有你在边儿上似的，永远地写就好像永远与你相近一般，可是现在连这唯一的安慰都要离开我了。此后"安慰"二学是永远不再会跑上我的身了，我只有极力地加速往前跑；走最近的路——最快的路——往老家走吧，我觉得一个人要毁灭自己是极容易办得到的。我本来早存此念的：一直到见着你才放弃。现在又到从前一般的境地去了。

此后我希望你不要再留恋于我，你是一个有希望的人，你的前途比我光明得多，快不要因我而毁坏你的前途，我是没有什么可惜的，像我这样的人，世间不知要有多少，你快不要

伤心，我走了，暂时与你告别，只要有缘也许将来会有重见天日的一天，只是现在我是无力问闻。我只能忍痛地走——走到天涯海角去了。不过——你不要难受，只要记住，走的不是我，我还是日夜地在你心边呢。我只走一个人，一颗热腾腾的心还留在此地等——等着你回来将它带去啊！

一九二六年二月六日

静！冷！呀！这房里多冷静！不见了天天在此淘气的小孩，不见了他的和美的笑影，只留下那火炉上煮着的水声，和那门外不断的叫卖声。可不是——本来这是每天都有的现象，只是少了一个人就觉得平时爱听的响物也变成了恼声了。

摩！你真可爱，想不到你在天津还记着给我来电，我也真在想你！现在我安慰极了，今天没有出门，在家打了一天绒线物，心里总觉得不自在。梦绿问我你走时对我说些什么。我知道你一定告诉了慰慈适之的电报，喀，我真恨你言语无信，说不告诉为何又说了出来？叫人家不是笑我么！

为此我很有点气，娘也是一天的不高兴，正是：家中无一高兴人，满腹怨气只有忍。

一九二六年二月十二

除夕——不是人人最喜欢的日子么？我看起来也不过同平日一般，没有意味到极点，现在娘她们都出去了，我要买的东西也叫祥顺去买了，我得着这工夫来同我的心谈谈。今天我想你一定喜欢知道我是十点钟起来的，同金Lily去走路，走了不少，回来腿也酸。走进大门即看见哥的信——腿也好了，我最爱的是哥哥你时刻的记念我，不然我这般想你，你一

点也不知不是冤么？你现在是已经在碻石了，也许正在谈论我二人的大事，不知怎样——

摩！我想起我以前的不幸我正心伤，自从十八岁那年起我未曾过一个欢喜的年，那年我在家（未嫁之前）卅晚上正当大家玩牌的时候我一阵心伤，跑进屋里对着红沉沉的烛就哭。那时候我想我将来一定嫁一个不称心不合意的人，使我终身抱恨的。这不是预兆么？你看不是我心里想甚么，就来甚么——幸喜我现在有你——五年不乐的除夕，从今天起可以洗尽了。可是我还是不乐——摩，最让我现在安心的是有了你——可是我们的前途还是黯然，今天是万人喜欢的日子，外边还是不断的钟竹声，叫我这种不幸人听了助我的心烦。等不忽儿慰慈他们来，我倒不喜欢有人来，我一个人坐着想，还不离哭，瞧见人我心就跟烦。摩，你还是快回来罢，今年又叫我过一个冷清的新年——明年呢！

客散人尽，已有四更天气，四边声砰砰然叫人听着思愁。现在你也许已经睡了，我说了半天还是不乐，输了廿大洋，可惜！——慰慈夫妇看着叫人心灰——天下男人要真都像他，那叫咱们真是要守身了，嫁谁好？不过天下夫妇大半如彼得！我亦可惜梦绿。

牌完独坐炉畔寻思，五年内所在的事——都在目前，人生变化真无穷。我现在又想睡，还想写信，不过怕初一不寄。

一九二六年二月十三

恭喜摩！我二十四岁了，不能再算小孩子了，我从今天起也不能再过从前的生活了。

我也想离开北京，只是父母在此也不能就此远行，真

难。昨晚在炉前坐着，想我一生还不知怎了。我想给你写信，可是初三前不能寄，初四再写你也该回来了，所以我决定给你写这书不写信了。你今天在那边做点甚么？我起来已有十一点了。家里也不过如此，无甚大意味，钱也都用完了。

下午同娘去寄母处拜年，回来满身满心地不痛快，睡了多时，没有睡着，烦得直哭。想你，哥哥，这都是你的不是了，大年初一就叫我哭，你若是在我身旁我不知道要怎样乐呢。

今年还是不乐，且待来年再一看。可是有一件事使我很乐。三十晚上祥顺对着我的首岁烛说："小姐，你看多奇怪，今年的蜡它就平了？"我不解，她说，"自从你出嫁，四年的蜡都是我点的，前四年——说也奇怪，我点了不多时回来再看，那两支蜡相错四五寸，其实都是一般的东西，方妈同我说这是不一样，将来她二人必不能到老，我们都很忧愁，也不敢告诉你，果然事情变了。今年——你瞧！这蜡多好，一样齐，同一个地方同一样蜡台——一样的点法，你说奇怪不？"我听了她的话真留心到它——果然是同时灭的。我的哥——想必是我们一定白头到老了，也许说不定同时死呢——你说可贺么？

我现在才看戏回来，同爸爸、小端去的，倒也好，我下午看了半本 *The Blind Bow-Boy*，我以后无论做甚事都写了，那你看了一定喜欢的。我闷极了，看戏也不定心，不如你在家做文章我去看的好。哥哥你几时才能回来呢？我等急了。我这两天人不大好，饭也吃不下，人也直瘦下去。只是这四天内，你说奇怪么？人也老是没有精神，也许是想你的缘故。先前我还说你走了我也许可以养养生身呢——现在看起来不然了，终日思愁你也是一样病。我想过两天去德国医生那看看再说。身体如此不好也非了事。我的颜色难看极了，腹中也不舒服！怕不要留下甚么病来吧！我倒有点急起来了，中国药我也不大敢吃

了。我要睡了，哥哥！你睡了没有？你们这两天一定老是在那边提我，是不是？

一九二六年二月十九

这两天不是我没有功夫写，也不是我不想写，只是我心中同你生气，不敢写，我管不了我的笔由着我心头走，我不爱说话，不爱因我一时的气愤来使你心中受不了，我知道我的脾气，一时也就好，所以我等了两天，今天我不能不向你谈谈了，我心里自问也有点气的不对，我们也不用再提了。

前天早起就被Lily约去七号吃饭，饭后同去玩清官，幼仪也在，我不高兴极了，回来就想你。在七号看见了几件东西，使我非常地气你，也非常的怨你——伤心极了，摩，你真对不起人，我也不说了，说出来也无非是伤心怨命，何苦呢？我这几天大瘦，不成形了，也是你的过。

昨天正躺着沉思，慰慈夫妇同来，我也无心应酬他们，他们也不怪我的无精打采，人家都明白我心，他们到晚上才走。三舅母也在。我新年吃面少，多输钱，也汝之过也。从今晨起，我想开了一切，也不怨命，也不恨天，人活着也无非就是梦，一旦醒了，不甚也是一场空么？好便怎样？坏也是一疲。万事也不应看得太真。我爱你那敢怨你，便不敢叫你为我难受。人家肯来嬉你我又何敢？不过只要是你情愿的，那不对面的人给你……你也甘心受的。像我这样的人原来不配做你最关切的人。自己要臭美么——不说了——今天我同三舅母去火神庙，买了不少东西，有许多可爱的东西，只是没有钱买。昨晚，接着你上海的信，甚慰。我知是眼跳心弩不知为了何事，我想去打一封电报给你，又不知碳石用英文怎样写法，你

为什么不打电报给我？

幼仪我看比我好，真奇怪你为什么不爱她？她现在学问比我也好得多。只是我二人不容易做朋友的，我是无所谓，她看了我心里总有点了味儿，女人的心理我还不知道么？她们那天成心避我，我难道不知道么？叫我去又要我回来，我岂是她们闹着玩的？我一定再不同她们一起了，再有人说你二人并未真的离，嘉森他又不认，我也不明白了。

一九二六年二月廿八日

昨天晚上写了一点，人不舒服了。

上床又是睡不着，朦胧中仿忽我也在硖石做新娘，见客，穿着很美的夜服，红裙子，羞答答的跟着婆婆见亲长。

摩，想起来都睡不着了，我自己真不觉得我是已经嫁过的人，你说可笑不？

我在被中，乐得我直咬，直笑，床前月光照得雪白。我今年真不高兴，连个月半都不能同你过。想起来不得不恨幼仪，她若早去不是你也早回来了么？晚上接你的信，多亲呀！哥哥，我二人是再也分不开了。

被三舅母叫去看了上元夫人，无味极了，心中只是想你。回来见draw里被人翻得乱七八糟，问起来知是娘看的，连我的日记也看了，真岂有此理，人家房里情书也是父母该看的么？我心中不免有点气，中国人真不讲规矩。

静肃肃的又晚深了。耳边厢仿忽还有锣鼓声，今天已是十六，我还要等么？常言说生离不如死别，我当初只不以为然，我现在才知道这是真的。我这一世爱我的人是不少，可是我真的没有真实爱过一个。受庆先前常出门几月，我非但不想

他，反而觉得清静可慰，怕的是他在身旁，夫妻尚且如是，我老已为不回想的。

　　这相思二字还是我去年你在外国时学得的呢，那时比今又浅一分。后来又有朋友每天胡闹，也就差了些。现在我起坐都是二人，难得有一闲话我也是无心答对，连我自己也不明白，我只望此后再不要叫我遇着这等事情，无论天大事情，你若离我可不成，除非二人同行，你说好么？我想将来便不能让我一人在家，你想呢！冷天便不行！多冷呀！……不行……摩，你懂得吗？小龙冬天最怕冷，你快回来，我有不少话说呢。

　　受庆来了一封信，写了一首古人的相思词，语词甚是可怜的，可是他的行为我也看透了，假面具也戴不着了。就是他现在跑在我身旁，我也只得对他冷笑，我本当回他一信，可怕他得寸进尺。

　　你的信我宝贝极了。摩，将来我们若是不分离，不是我就老得不到你的信了么？你可以在我近前也写信给我么？将来我能去你老家住么？他们会不会轻视我的？不理我？我那天做梦，你和我见着爹娘在硖石，他们对我娘家瞧看不起我，我回到房中倒在你怀中就哭，醒来还是一身汗，我真怕。我知道我这个人是吃不了人家的话，或是脸的，要是将来免不了受人几句不是要我的命么？咳！说起来我只恨寄娘，她害了我终身，毁了我名誉。不然我也许到现在还未嫁呢。这几天月经闹得我坐也坐不着，我去睡了。你叫我留下我的梦，可是我往往醒了就忘了。

一九二六年三月一日

　　方才又看了一遍你的日记，愈看愈爱，爱！记着！将来

我死后一定要放在我棺材里伴我，让我做了鬼也可以常常看看，比《金刚经》也许可贵得多。

那时间，我是该骂，不是我不爱，实在因为环境迫得我自己都不知道怎样过日子，那晚叫你等我一夜，我心中真难受，至今想起来还得泪下。我以后死也不能再使你有一天像那会儿似的难受，我一定顺着你的心，使你为天下最快乐的人，好不好？

现在冷静极了！摩！爹娘都出去了，屋里满流香淫淫的醉人，不然你若在我身旁，我们又可以低低的说小语了，想起那味儿都叫人神往。你那边事情不知如何了，使我不定，心乱得事情也做不下去。我又想打电报问问你，你在上海，我又不敢，算来今天幼仪到申，你也许后天可以动身，那再有五天也就见着你了。咳！还是忍耐着等着吧，凡事都由命不由人，我干急也是无用。

梦绿说一忽来，我许久没有见到她了，这几天，天天被三舅母闹得我也无暇做事。她倒还好，始终是帮我的，你要是还不回来，我真要疯了。夜长梦多，我真怕呀！摩！哥哥，我们现在的地位是不容易来的，若要再有甚么风波来，那我是一定活不成的了。我看若是你又不能前来求婚，恐怕我伯伯、娘也有些难允你，那我也今后没有脸面见人了。除非我们远走他国。咳！不能想的，想起来都是睡都不能的。你这次回来我不知道怎样地见你呢！久别重逢总有点羞答答的，摩，你当人可别亲我，我还真不知道怎样的吻你呢。你胖了呢还是瘦了？也许你进来的时候，我房里要是正有人，那多槽，一句话也不能说了。我知道！我见了你一定没有话说的，只会傻笑，那是我的脾气，话多便无话，乐极无话讲。摩！你呢？我真闷。

一九二六年三月三日

今天接着你两封信，喜极了。可是我还须等一个星期才能见你，叫我如何？

实望你今天有电来告我归期，那知现在正是十二点了也未见一字。明天不知怎样，倘若京津车真的不通了，那不是要你我的命么？摩，你同幼仪不是算了结了么？为甚么还有许多事情呢！你来信也未说爹爹来不来，肯不肯出面求婚，叫我闷得快死了。吃药，有甚么用？心里成天成夜的难受！我今天去梦绿家，慰慈前天输了一千大洋，气得他在家睡了两正天。赌——真是害人，摩摩，我希望我们将来一定不赌，我同你的生活必须要同人两样的，那些俗事我们决不要加入，知亲打几圈牌是免不了的，牌九可千万不要来。

哥哥，我真想同你去深山住，我倒想在西湖边住些日子，我们将来去那边度蜜月好不？想起来真甜。可是我听人言，夫妻太好不会白头的，你信么？不然你就有时候假装不爱我，好不好。

一九二六年三月四日

尚在梦中时公顺高叫祥顺，我即惊醒，即知摩必有信给眉，擦眼相待，果吾哥哥归电来矣。

再有六日眉眉又能亲哥哥的了。

思之神往，快乐实难得，还不知上海事情办得如何，闷闷。

昨晚梦绿请看电影。正写得高兴，梦绿来了，三太太也来同Lily念书，又去看了小翠花的《貂蝉》，无味极了，心

112

里苦思吾郎！奈何，奈何，每在热闹场中我更想得你厉害。摩，我在戏中有一时只想哭，没有你真难受，我想起来真怕。我现在虽是想你，可是已经知道你回来的消息，相见有期还是如此。要是我们从前不得自由，一世分离，那不是连想都不由泪下吗？将来看我不幸早亡，不知摩摩你如何自遣！咳！爱之太深也是苦，你我不知有福消受上苍给我们的洪福不？今晚我心中非常无聊，虽平日爱看看戏也不能喜我，心里直乱，方才同她们听弥弥事，不觉又气了一遭，我想我这世所招之不白之冤不知何日才能洗尽。将来我绝不再愿招人注目了，我这几日出去，梳了老太太似的头，直望无人注意，哪知人家还是回顾我，使我难堪！摩摩！你带我去吧！我绝不愿意将容貌无故被人享受，是我摩摩一个人的，我也不愿意人家说我美，只要相公——你——称心，我心满意足矣。

Mou, I am cold.My mouth fell so dry.I want some moisture. I want a warm clasp, I want to lagging on you bosom and give a hot kiss.Oh ! Mou, my Mou, I am so thirsty.I am longing for you. Yes, I have to wait to Monday.I am impatient already.Your letter and photos are under my pillow.I kiss them many times when I have a ch-ance.And last night I hold your photo hard against my bosom and sl-ept with it.I kissed it.I don't know how many times.The mar ks are st-ill there.What am I going to do? Many times when I come back, I always find the room empty, no Mou is imaged.Called in vain.Do you know how I am thinking of you? I have so many things to say, I wish they will leave us alone when you come back.But I am sure mother is going to guard me.She is so clever.I wish we coude be married tomorrow.I am ill now, I know, but if I keep on thinking

so hard about you，I am sure it will hurt my health instead.I tried to call you in every sweet name last night，and recalling all the happy times we had before until I got so...

一九二六年三月七日

两天没有亲你了，哥哥！因为我自从得到你的来电后，心里的怨闷全都消了，连着出去了两天，前天白天同娘看戏，晚上同L去洗沐，回来遍身无力躺下就睡。昨天六姨生日，晚上又同L去看外国戏，回来又谈天。今天我才从梦绿家回来。昨天看戏时心中非常难过，我同金讲，我想摩，我在此听好戏，他正在船上闷着，我难过得很。他还笑我们呢，说实话，我每在热闹场中没有你在身旁，我总觉难过。沈先生来了，信也见着了。摩！天下的美女子还得使你倾倒么？

一个美貌的女子就能使你神往，那你若是一两年不见我，只要有别的美人在旁你就能忘了我么？本来啊，人之爱好是天然的，我哪能使你见了别的好看的人不动心呢？况且你眉眉也不是个天仙美女，哪有权力来管人家呢！你畅开儿地看吧！我是不配管的。

摩！以后我一定再也不离你一天了。

你也是同旁的男子一般地靠不住。古人说水性杨花是女人，我看男子便流水无情呢！

写！我再也不敢写！

这纸上的影子使得我——

眼中阵阵地发蒙

啊！这不是你碧波的眼——

叫我一笔涂上一点黑

笑吟吟地对着我疑问

啊！这一辈子叫我涂淹了

你那满盈盈的热情，

如今再也不见你对我笑的影子

写——我还敢再写么？

呀！这不是你红盈盈的香口，

半开半闭地向我张着，

在这雪亮的纸上——

再也瞒不了你那急切的等——等，

等那热烈浓甜香吻的情景——

一笔——这一笔又叫我

涂墨了我正想亲上去香吻

写！我还敢再写是么

但如今我再也不用

那纸上印出的香唇

碧波淫淫含情的热视了

那也不用等了——

我的希望也不久可以得到了——

写——更用不着再写了。

你瞧我写的诗多好呀！且比大诗人徐志摩的诗好得多呢！不信你登出来和叫人家看，一定人家嘴都会搬家呢！你有那能干么？你瞧我再来写一首呀！我也用不着想，用不着先作，一写就是。

听！那不是他的脚声么？

可笑——他还轻轻的怕我知道呢！

或者他一定想吓我！

也许他偏叫惊奇！

可是我再也不怕——

再也不用惊——我也来骗他一次。

哈哈！门外头跳进了一只鹤！

东张西望像似只饿鸡！

满心想来觅他的小乖乖！

来吮他饿了一个月的嘴！

乖乖！快出来——不然我要钻进来了！

在被服的中间躲着他的小龙，

心里怦怦的跳得连身体都

她听见那只饿鸡的话了——

她也未曾不饿——只是不说！

她正在急得没有处躲！

旁边钻进了一只又大又美的手！

她再也动不了——她再也叫不出——

她已经快被他吃完了——

肉——血——灵魂——都变了他的了！

千万只眼也再分不清龙同鹤是两样。

你瞧多美——我再也想不到你的眉眉是个大诗人，哥哥！你的嘴搬不搬家，要想搬家一定得请我作诗！

闹了半天纸也没有了，我真不写了。

明天也许见着我的鹤了。这本日记算是完了。我希望以后我再也不用写这同样的日记了。

诗　歌

癸酉清明回硖扫墓有感

肠断人琴感未消，

此心久已寄云峤。

年来更识荒寒味，

写到湖山总寂寥。

　　癸酉清明回硖为志摩扫墓，心有所感，因题此博（蓉初）伯父大人一笑，侄媳敬赠。

秋 叶

一声声的狂吼从东北里

带来了一阵残酷的秋风，

狮虎似的扫荡得

枝头上半枯残枝

飘落在蔓草上乱打转儿，

浪花似的卷着往前直跑

你看——它们好像已经有了目标！

它们穿过了鲜红的枫林：

看枫叶躲在枝头飘摇，

好像夸耀它们的逍遥？

可是不，你看我偏不眼热！

那暂时栖身，片刻的停留；

但等西北风到，它们

不是跟我一样的遭殃，

同样的飘荡？不，不，

我还是去寻我的方向。

它们穿过了乱草与枯枝，

凌乱的砾石也挡不了道儿；

碧水似的秋月放出了

灿烂的光辉，像一盏

琉璃的明灯照着它们，

去寻——寻它们的目标。

那一流绿沉沉的清溪，
在那边等着它们去洗涤
满身沾染着的污泥；
再送到那浪涛的大海里，
永远享受那光明的清辉。

无题诗两者

一

写！我再也不敢写！

这纸上的影子使得我——

眼中阵阵地发蒙

阿！这不是你碧波的眼——

笑吟吟地对着我疑问

啊！这一辈子叫我涂淹了

你那满盈盈的热情，

如今再也不见你对我笑的影子

写——我还敢再写么？

呀！这不是你红盈盈的香口，

半开半闭地向我张着，

在这雪亮的纸上——

再也瞒不了你那急切的等——等，

等那热烈浓甜香吻的情景——

一笔——这一笔又叫我

涂墨了我正想亲上去香吻

写！我还敢再写是么

但如今我再也不用

那纸上印出的香唇

碧波淫淫含情地热化了

那也不用等了——

我的希望也不久可以得到了——

写——用不着再写了。

二

听！那不是他的脚声么？

可笑——他还轻轻的怕我知道呢！

或者他一定想吓我！

也许他偏叫惊奇！

可是我再也不怕——

再也不用惊——我也来骗他一次。

哈哈！门外头跳进了一只鹤！

东张西望像似只饿鸡！

满心想来觅他的小乖乖！

来吮他饿了一个月的嘴！

乖乖！快出来——不然我要钻进来了！

在被服的中间躲着他的小龙，

心里怦怦地跳得连身体都

她听见那只饿鸡的话了——

她也未曾不饿——只是不说！

她正在急得没有处躲！

旁边钻进了一只又大又美的手！

她再也动不了——她再也叫不出——

她已经快被他吃完了——

肉——血——灵魂——都变了他的了！

千万只眼也再分不清龙同鹤是两样了。

题画诗十首

一

四时更代谢，悬象迭卷舒。

暮春忽复来，和风与节俱。

俯临清泉涌，仰观嘉木敷。

□□□我陋，圃西瞻广庐。

既贵不恭俭，处有能存无。

镇俗在简约，树塞焉财摹。

在昔同班司，今者并园墟。

私愿偕黄发，逍遥综琴书。

举爵茂阴下，携手共踌躇。

奚用遗形骸，忘筌在得鱼。

二

捉得松为柄，粘来纸作衾。

山云娇老态，溪水有无心。

挂锡沉香树，安禅天竹林。

西来闲会取，空迹寄飞禽。

古径盘空出，危梁溅水行。

药栏斜布置，山子纫生成。

欹侧天容破，玲珑石貌清。

游鳞与倦鸟，种种见幽情。

三

桃花流水在人世，
武陵岂必皆神仙？
江山清空我尘土，
虽有去路寻无缘。

四

吴山尽处越山涯，
水木清华处处佳。
山鸟忽来啼不歇，
声声似劝我移家。

五

桃花流水杳然去，
别有天地非人间。

六

柴门仍不正，
秋色自然来。

七

泉声咽危石，

日色冷青松。

八

山静似太古，
日长如小年。

九

雪满山中高士卧，
月明林下美人来。

十

山空寂静人声绝，
栖鸟数声春雨余

小　说

皇家饭店

婉贞坐在床边上眼看床上睡着发烧的二宝发愣，小脸烧得像红苹果似的，闭着眼喘气，痰的声音直在喉管里转，好像要吐又吐不出的样子。这情形分明是睡梦中还在痛苦，婉贞急得手足无措，心里不知道想些甚么好，因为要想的实在太多了。

婉贞是一个受过高等教育的女孩子，只是一毕业出校，就同一个同学叫张立生的结了婚。婚后一年生了一个女孩子，等二宝在腹内的时候，中日就开了战。立生因为不能丢开她们跟着机关往内地去，所以只好留在上海。可是从此他们的生活就不安静起来了。二宝出世，他已经忍辱到伪机关做了一个小职员而维持家庭生活。一家五口人单靠薪水的收入，当然是非常困难的，于是婉贞也只好亲自操作。一天忙到晚，忙着两个孩子的吃穿、琐事。立生的母亲帮她烧好两顿饭，所以苦虽苦，一家子倒也很和顺地过着日子。

今年二宝已经三岁了，可是自从断奶以后，就一直闹病，冬天生了几个月的寒热症，才好不久又害肺炎。为了这孩子，他们借了许多债。最近已经是处于绝境了，立生每天看着孩子咳得气喘汗流的，心里比刀子割着还难受。薪水早支过了头，眼瞧孩子非得打针不可，西医贵得怕人，针药还不容易买。所以婉贞决定自己再出去做点工作，贴补贴补。无奈，托人寻事也寻不着。前天她忽然看见报上登着皇家饭店招请女职员的广告，便很高兴。可是夫妻商量了一夜，立生觉得去做这一类的工作似乎太失身份。婉贞是坚决要去试一下，求人不如求己，

为了生活，怕甚么亲友的批评！于是她就立刻拿了报去应试。

皇家饭店是一个最贵族化的旅馆，附有跳舞厅，去的外宾特别多，中国人只是些显宦富商而已。舞厅的女子休憩室内需要一位精通英语专管室内售卖化妆品与饰物的女职员。

婉贞去应试的结果，因为学识很好，经理非常看重她，叫她第二天就去做事。可是昨天婉贞第一晚去工作之后，实在感到这一类事情是不适合她的个性的，她所接触的那些女人们都是她平生没有见过的。在短短的几个钟头以内，她好像走进了另一个世界，等到夜里十二点敲过，她回到家里，已经精神恍惚，心乱得连话都讲不出来了。立生看到她那样子，便劝她不要再去了，婉贞也感到夜生活的不便，有些犹豫。可是今天看见二宝的病仍不见好，西医昨天开的药方，又没有办法去买，孩子烧得两颊飞红，连气都难透的样子，她实在不忍坐视孩子受罪而不救。她一个人坐在床前呆想：今晚上如果继续去工作，她就可以向经理先生先借一点薪水回来，如果不去，那不是一点希望都没有了么？所以她一边向着孩子看，一边悄悄地下了决心。看看手上的表已经快七点了，窗外渐渐黑暗，她站起来摸一摸孩子头上的温度，热得连手都放不上。她心里一阵发酸，几乎连眼泪都流下来，皱一皱眉，摇一摇头，立起身来就走到梳妆台边，拿起木梳将头发随便梳了两下，回身在衣架上拿起一件半旧的短大衣往身上一披，走向里房的婆婆说：

"妈，你们吃饭别等我，我现在决定去做事了，等我借了薪水回来，明儿一天亮就去替二宝买药！回头立生您同他说一声罢！"

婉贞没有等到妈的回答就往外跑。走出门口跳上一部黄包车，价钱也顾不得讲，就叫他赶快拉到大马路皇家饭店。在车上，她心里一阵难过，眼泪直往外冒！她压抑不住一时的

情感。她也说不清心里是如何的酸，她已经自己不知道有自己，眼前晃的只是二宝的小脸儿，烧得像苹果似的红，闭着眼，软弱地呼吸，这充分表示着孩子已经有点支持不了的样子！因此，她不顾一切，找钱去治好二宝的病，她对甚么工作都愿去做。至于昨晚夫妻间所讲的话，她完全不在心里，现在她只怕去晚了，经理先生会生气，不要她做事了，所以她催着车夫说："快一点好不好，我有要紧的事呢！"

"您瞧前面不是到了么？您还急甚么！"车夫也有点奇怪，他想这位太太大约不认识路，或是不认识字，眼前就是"皇家饭店"的霓红灯在那里灿烂地发着光彩呢！

婉贞跳下车子，三步并作两步地往里跑，现在她想起昨晚临走时，经理曾特别叫她明天要早来，因为礼拜六是他们生意最好的一天，每次都是很早就客满的。她想起这话，怕要受经理的责备，急得心跳！果然，走进二门就看见经理先生已经在那里指手画脚地乱骂人了，看见她走进来，就迎上前去急急地说：

"快点，王小姐！你今天怎么倒比昨天晚呢！客人已经来了不少，小红她已经问过你两次了，快些上去吧。"

经理的话还没有说完，婉贞已经上了楼梯，等她走进休息室，小红老远就叫起来了：

"王小姐，您可来了，经理正着急哩，叫我们预备好！我们等你把粉、口红都拿出来，我们才好去摆起来呢，你为什么这么晚呢？"

婉贞也没有空去回答小红的话，急忙走到玻璃柜前开了玻璃门，拿出一切应用的东西，交给小红同小兰，叫她们每一个梳妆台前的盒子内都放一点粉，同时再教导她们等一忽儿客人来的时候应该怎样的接待她们。

　　小红与小兰也都是初中毕业的学生，英语也可以说几句，因为打仗，生活困难，家里没有人，只好弃学出外做事。婉贞虽然只是昨晚才认识她们，可是非常喜欢她们的天真活泼。尤其是小红，生得又秀丽又聪明，说一口北京话。昨晚上一见面就追随着婉贞的左右，婉贞答应以后拿她当妹妹似的教导。所以婉贞今天给了她东西之后，看见她接着高高兴兴走去的背影，暗暗地低头微笑，心里感到一阵莫名的欣慰，连自己的烦恼都一时忘记了。婉贞将她自已应做的事也略加整理，才安闲地坐到椅子上，深深地吐了一口气，对屋子的周围看了一眼，几台梳妆台的玻璃镜子照耀着屋子里淡黄的粉墙上，放出一种雅洁的光彩，显得更是堂皇富丽。这时静悄悄的一点声音也没有，除了内室小红与小兰的互相嬉笑外，空气显得很闷。于是婉贞又想起来她的病着的二宝了。她现在脑子里只希望早点有客人来，快点让这长夜过去，她好问经理借了薪水去买药，别的事情都不在心上了，她想这个时候立生一定已经回家了，他会当心二宝的。她记得昨夜刚坐在这把椅子上时，她感到兴奋，她感到新奇，她眼前所见所闻的都是她以前所没有经历过的，所以她像刘姥姥进了大观园似的，一切都感兴趣。她简直有一点开始喜欢她的职业了，这种庞大美丽的屋子，当然比家里那黑沉沉毫无光线的小屋子舒服得多，可是后来当她踏上黄包车回家的时候，情绪又不同了，她觉得这次她所体验的，却是她偶然在小说里看到而认为决不会有的事实，甚而她连想也想不到的。所以使得她带着一颗惶惑、沉重的心，回到家里，及至同立生一讲，来回地细细商酌一下，认为这样干下去太危险了，才决定第二天不再来履行职务了。谁知道今天她又会来坐到这张椅子上。现在她一想到这些，就使她有些坐立不安。

　　这时候门外一阵嬉笑的声音，接着四五个女人推开了

门，连说带笑地闯了进来，乱嘈嘈的都往里间走。只有一个瘦长的少妇还没有走进去，就改了主意，一个人先向外屋的四周看了一眼，向婉贞静静的看了一会儿，然后慢步走向梳妆台，在镜子面前一站，看着镜子里自己那丰满的面庞，同不瘦不胖的身段，做了一个高傲的微笑，再向前一步，拿起木梳轻轻地将面前几根乱发往上梳了一梳，再左顾右盼地端详一会儿，低头开了皮包拿出唇膏再加上几分颜色，同时口里悠悠然地轻轻哼着"起解"的一段快板，好像身边一个人也没有似的。这时候里间又走出来一位穿了紫红色长袍的女人，年纪要比这位少妇大五六岁的样子，一望而知是一位富于社会经验的女子，没有开口就先笑的神情，会使得每个人都对她发生好感。她是那么和蔼可亲，洁白的皮肤更显得娇嫩。她一见这位少妇在那儿哼皮黄，就立刻带着笑容走到她的身边，很亲热地站在她背后，将手往她肩上一抱，看着镜子里的脸庞说：

"可了不得！已经够美的了，还要添颜色做甚么，你没有见乔奇吃饭的时候两个眼睛都直了么？连朱先生给他斟酒他都没有看见。你再化妆他就迷死了！快给我省省罢！"

"你看你这一大串，再说不完了。甚么事到了你嘴里，就没有个好听的。你倒不说你自己洗一个脸要洗一两个钟头，穿一件衣服不知道要左看右看的看多久！我现在这儿想一件事情！你不要乱闹，我们谈一点正经好不好？"

"你有甚么正经呀！左不是又想学甚么戏，做甚么行头，等什么时候好出风头罢咧！"那胖女人说着就站了起来走到镜子面前，拿着画眉笔开始画自己的眉毛。

"你先放下，等一会儿再画，我跟你商量一件事情。"那瘦的一个拉了她的手叫她放下。

那胖的见瘦的紧张的样子，好像真有甚么要紧的事，就

不由得放下笔随着她坐到椅子上低声地问：

"到底甚么事？"

"就是林彩霞——你看她近来对我有点两样，你觉得不？你看这几次我们去约她的时候，她老是推三推四的不像以前似的跟着就走。还有玩儿的时候她也是一会儿要走要走的，教戏也不肯好好儿的教了，一段苏三的快板教了许久了！这种种的事，都是表现勉强得很，绝对不是前些日子那么热心。"

那胖女人一边儿听着瘦的说话，一边儿脸上收敛了笑容，一声也不响地沉默了几分钟才抬起头来低声回答说：

"对了，你不说我倒也糊里糊涂，你说起来我也感觉到种种的改变，刚才吃饭时候我听她说什么一个张太太——见面一共只有三次，就送她一堂湘绣的椅披，又说甚么李先生最近送她一副点翠的头面。我听了就觉得不痛快——好像我们送她的都不值得一提似的，你看多气人！"

"可不是！戏子就是这样没有情义，所以我要同你商量一下，等一会儿她们出来了又不好说。从今以后我们也不要同她太亲热，随便她爱来不来，你有机会同李太太说一声，叫她也不要太痴了，留着咱们还可以玩点儿别的呢！别净往水里掷了，你懂不懂？"

她们二人正在商量的时候，里间走出来了三个她们的同伴，一个年纪大一点的，最端庄，气派很大，好像是个贵族太太之流，虽然年纪四十出外，可是穿得相当的漂亮，若不是她眼角上已经起了波浪似的皱纹，远远一看还真看不出来她的岁数呢！还有一个是北方女子的打扮，硬学上海的时髦，所以叫人一看就可以看出来不是唱大鼓就是唱戏的。走起路来还带几分台步劲儿呢！还有一位不过卅岁左右，比较沉着，单看走路就可以表现出她整个儿的个性——是那样的傲慢、幽静。等到

那年纪大的走到化妆镜台边的时候，她还呆呆地在观看着墙上挂的一幅西洋风景画。

"你看你们这两个孩子！一碰头就说不完，哪儿来的这么多的话儿呢！背人没有好话，一定又是在叽咕我呢，是不是？"那贵妇人拉着瘦妇人的手，对着胖女人一半儿寻开心一半儿正经地说。

这时候那两个女人就拉着贵妇人在她耳边不知说些甚么。那位林彩霞在一出房门的时候，就首先注意到婉贞面前的那个长玻璃柜，因为柜子里面的小电灯照耀着放在玻璃上的金的银的红的绿的种种颜色，更显得美丽夺目，她的心神立刻被吸引住了，也顾不得同她们讲话就一个走过来了。先向婉贞看了半天，像十分惊奇的样子，因为她是初次走进这样大规模的饭店。在休憩室内还出卖一切装饰品，这是她没见过的，她不知道对婉贞应该采用甚么态度说话，只有瞪着柜子里的东西，欲问又不敢问。婉贞向她微微一笑说：

"要用甚么请随便看罢！"

林彩霞听着婉贞说了话，使她更不知道怎样回答才好，只得回过头去叫救兵了。

"李太太，您快来，这个皮包多好看呀！还有那个金别针！"

林彩霞一边叫一边用手招呼另外两个女人。李太太倒真听话，立刻一个人先走过来，很高兴地请婉贞把她要的东西拿出来看。婉贞便把她们所要看的东西，都拿了出来放在玻璃上，将柜台上的小电灯也开了，照得一切东西更金碧辉煌。林彩霞看得出了神，恨不得都拿着放到自己的小皮包里，可是自己估计没有力量买，所以脸上有一种说不出来的异样表情，看着李太太，再回头看看才走过来的两位，满面含着笑容

地说：

"李太太！王太太！你们说哪一种好看呀？我简直是看得眼睛都花了，我从来没有看见别的地方有这些东西，大约这一定是外国来的罢！"

这时候那瘦女人走到林彩霞身边，拿着金别针放在胸口上，比来比去，很狡猾地笑着说：

"林老板！你看！戴在你身上更显得漂亮了，你要是不买，可错过好机会了。我看你还是都买了罢，别三心二意了。"说完，她飞了一媚眼给李太太同那胖女人。

李太太张着两个大眼带着不明白的样子看着她，那一个胖的回给她一个微笑，冷冷地说：

"可不是！这真是像给林老板预备的似的，除了您林老板别人不配用，别多说废话吧！快开皮包拿钱买！立刻就可以带上。"

可怜的林彩霞，一双手拿着皮包不知道怎样才好，她绝想不到那两位会变了样子，使她窘得话都说不来了。平常出去买东西的时候，不要等她开口，只要她表示喜欢，他们就抢着买给她的。绝对不像今天晚上这种神气。就是李太太也有点不明白了，婉贞看着她们各人脸上的表情，真比看话剧还有意思。她倒有点同情那个戏子了，觉得她也怪可怜相的。

这时候，李太太有点不好意思了，走过来扶着林彩霞的肩膀，笑着说：

"林老板，您喜欢哪一种，你买好了，我替你付就是，时候不早了，快去跳舞吧。跳完了舞你不是还要到我家里去，教我们'起解'的慢板么？"

林彩霞听着这话，立刻眼珠子一转，脸上变了，一种满不在乎的笑，可是笑得极不自在的说："对了对了，你看我差

一点儿忘了，我还要去排戏呢！”她一边说一边就转身先往外走，也不管柜台上放着的东西，也不招呼其余的人，径自出去了。这时候李太太可急了，立刻迫上去拉她说：

“噫，林老板！你不是答应我们今儿晚上跳完舞到我家里去玩个通宵的么？怎么一会儿又要排戏呢？”

那瘦女人向胖女人瞟了一眼，二人相对着会心一笑，对婉贞说了一声“对不住”就跟着低声叽叽咕咕地说着话走出去了。婉贞看着她们这种情形，心里说不出的难过，想到她们有钱就可以随便乱玩，而她不要说玩，就是连正经用途也付不出，同是人就这么不平等。

她正胡思乱想，门口已经又闯进来一个披黑皮大衣的女人。一进来就急急忙忙将大衣拿下交给站在门口的小红，嘴里一直哼着英文的风流寡妇调儿。走到镜台前时，婉贞借着粉红色的灯光细看了看她，可真美！婉贞都有点儿不信，世界上会有这样漂亮的女人！长得不瘦不胖不长不短，穿了一身黑丝绒的西式晚礼服，红腰，长裙，银色皮鞋。衣领口稍微露出一点雪白的肉，脸上洁净得毫无斑痕，两颗又大又亮的眼睛表现出她的聪明与活泼。她亭亭玉立地站在镜台面前梳着两肩上披下来的长发，实在动人！她好像有点酒意，笑眯眯地看着镜子做表情，那样子好像得意的忘了形！可是从她的眼神里也可以看出她的心相当地乱。这时候她忽然把正在加唇膏的手立刻停下来，而对着那只结婚戒指发愣！脸上现出一种为难的样子，大约有一分钟工夫，她才狡猾地微笑着将戒指取下来，开开皮包轻轻地往里面一掷。当她的皮包还没有合上的时候，门口又走进来一个女人，年纪很轻，也很漂亮，看到梳妆台前的女人，立刻吐了一口气，拍着手很快活的说：

“你这坏东西！一个人不声不响的就溜了，害得我们好找，

还是我猜着你一定在这儿，果然不错。你在这儿做什么呀？"

"哈啰！珍娜！"那黑衣女郎回过头来很亲热地说："你知道我多喝了一杯酒，头怪昏的，所以一个人来静一会儿，害得你们找，真对不起！"

"得啦，别磨说了，甚么酒喝多了，我知道你分明是一个躲到这儿来用脑筋了！不定又在出甚么坏主意了，我早就明白，小陈只要一出门，就都是你的世界了！好，等他回来我一定告诉他你不做好事——你看你同刘先生喝酒时候的那副眼神！向人家一眯一瞟的害得人家连话都说不出来了，我看着真好笑！"

"得了得了，你别净说我了，你自己呢？不是一样吗？以为我不知道呢！你比我更伟大，老金在家你都有本事一个人溜出来玩，谁不知道你近来同小汪亲近的不得了，上个礼拜不是他还送你一只皮包么？我同刘先生才见了两次面，还会有甚么事？你不要瞎说八道的。"

黑衣女郎嘴里讽刺她的女伴，一只手拿着木梳在桌子上轻轻的敲着，眼睛看着镜子，好像心里在盘算甚么事似的。那个女人听罢她的话立刻面色一变，敛去了笑容说：

"你也别乱冤枉人，我是叫没有办法。我们也是十几年的好朋友了，谁也不用瞒谁，我是向来最直爽，心里放不下事的人，有甚么都要同你商量的，只有你才肯说真话呢！你要知道老金平常薪水少，每月拿回家来的钱连家里的正经用途都不够，不要说我个人的开支了，所以我不得不出来借着玩儿寻点外快。现在我身上穿的用的差不多都是朋友们送的。"

"谁说不是呢！你倒要来说我，我的事还不是同你一样，我比你更苦，你知道我的婚姻是父亲订的，我那时还小，甚么都不懂，这一年多下来，我才完全明白了，他赚的钱也是同你们老金一样。家里人又多，更轮不着花。所以我只有

想主意另寻出路，我才不拿我的青春来牺牲呢！不过你千万不要同他多讲，晓得不？"

"对了，你比我年轻，实在可以另想出路，我是完了，又有了孩子，而且是旧式家庭，一点办法都没有，只好过到哪儿算哪儿了。现在我们别再多谈了，回头那刘先生等急了。这个人倒不坏，你们可以交交朋友。"说完了，她立刻拉着黑衣女郎，三步两步的跳了出去。

婉贞看着她们的背影发愣，她有点怀疑她还是在看戏呢，还是在做事？怎么世界上会有这么许多怪人！

她正在迷迷糊糊的想着，忽然开门的声音惊醒了她，只见一个少女，像一个十七八岁还没有出学校门似的。急匆匆的，晃晃荡荡的，好像吃醉了酒连路都走不成的样子，连跑带逃的撑着了沙发的背，随势倒在里面，两只手遮住了自己的脸，两肩耸动着又像是哭，又像是喘。婉贞吓了一跳，忙站起来走到她面前，看了一会儿，问她：

"你这位小姐是不是不舒服？要不要甚么？"

这时少女慢慢的将两手放下来，露出了白得像小白梨似的一张脸，眼睛半闭着说：

"谢谢你的好意，可不可以给我一点水喝，我晕得厉害。"

婉贞立刻走到里屋门口，叫小红快点倒一杯开水来，再走回去斜着身体坐在沙发边，摸摸少女的手，凉得像冰，再摸一摸她的头上却很热。这时候小红拿来了水，婉贞一手拿着杯子，一手扶起少女的头，那少女喝了几口水，再倒下去闭着眼，胸口一起一伏，好像心里很难过的样子，不到几分钟，她忽然很快地坐起来，向小红说：

"谢谢你！请你到门外边去看看有没有一个穿晚礼服的男人，手里还拿了一件披肩？"

少女说完又躺下去，闭着眼，两手紧紧握着，好像很用力在那儿和痛苦挣扎似的。这时小红笑着走回来带着惊奇的样子说真有这样一个人在门外来回地走着方步呢！

少女听见这话，立刻坐了起来，低着头用手在自己的头发上乱抓，足趾打着地板，不知道要怎样才好。婉贞看得又急又疑，真不知她是病，还是有甚么事。

"你觉得好一点了么？还有甚么事可以要我们替你做的么？"

"谢谢你们，我已经可以支持了，只让我再静一会儿，就好了。"

婉贞听她这样讲，只好用眼睛授意小红，叫她走开。自己也走回座位。她想，这是怎么一回事呢？那少女心里有甚么困难么？像她这样地难过，简直是受罪不是出来玩儿的！那么又何苦出来呢！婉贞这时候真感到不安，好像屋子里的空气忽然起了变化，她连气都快喘不过来了。可是她还忘不了那少女，还是眼睛死盯着她看。

这时候少女坐在沙发里两手托着下腮，低着头看着地板，一只脚尖在地板上打着忽快忽慢的拍子，很明显地表现出她内心的紊乱。那身子忽伸忽缩的，好像又想站起来，又不要站起来，连自己都不知道怎样安排自己的好！可怜一张小脸儿急得一阵红一阵白的，简直快哭出来的样子。一会儿看看手上的表，皱皱眉，咬咬牙，毅然站了起来，仿佛心里下了一个决断，三步两步走到镜子面前，随手拾起桌上的木梳，将紊乱的头发稍微地理一下，再去打开自己的皮包。这时已经觉得头晕得站不住了，只好一手扶着桌子，闭起眼睛停了一会儿，然后再睁开晃来晃去地往门外走。婉贞想要赶上前去扶她一下，可是没有等得婉贞走到一半，她早到了门口，同时正有三五个人

抢着进来，所以两下几乎撞个满怀。婉贞一看见那进来的一群人，吓得立刻转身回到了自己的位子上，因为她看到其中一个胖胖的王太太，昨天也来过的，并且还同她讲了许多话，表示很想同她做一个朋友，还很殷勤地约她今天到她家里去吃饭。当时她虽然含糊地答应了这王太太，后来就忘得干干净净了，现在一看见她倒想起来了，唯恐她要追问。婉贞真有一点怕她那一张流利快口，她希望今晚上不要再理她才好，想躲开又没地方躲。

那进来的一群人之间，除了那个胖王太太比较年纪大一点之外，其余都是很年轻的，都打扮得富丽堂皇，都戴满了钻石翡翠，珠光宝气的，明显都是阔太太之流。只有一个少女，一望而知是一个才出学校不久的姑娘，穿的衣服也很朴素，那态度更是显然地与她们不配合，羞答答地跟在她们后头，好像十分不自然，满面带着惊恐之神，看看左右的那几位阔太太，想要退出去，又让她们拉着了手不放松，使得她不知道怎样才好。婉贞这时候看着她们觉得奇怪万分，她想这不定又是甚么玩意儿呢！

胖王太太好像是一个总指挥，她一进来就拉了还有一位年纪比较稍大一点的——快卅出头，可是还打扮得像廿左右的女人，穿了一件黑丝绒满滚着珠子边的衣服，不长不短，不胖不瘦，恰到好处。雪白的皮肤，两颗又黑又亮的大眼睛，但笑起来可不显得太大，令人觉得和蔼可亲。胖王太太拉着她走向镜台，自己坐在中间那张椅子上，叫她坐在椅背上，笑嘻嘻的看着那三位正走进了里间，她很得意地向着同伴说：

"张太太！你看这位李小姐好看不好看？咳！为了陈部长一句话，害得我忙了一个多礼拜，好不容易，总算今天给我骗了来啦，回头见了面还不知道满意不满意呢！真不容易伺候！"

"好！真漂亮，只要再给她打扮打扮，比我们谁都好看。你办的事情还会错么？你的交际手腕是有名的，谁不知道你们老爷的事情全是你一手提携的呢！听说最近还升了一级！这一件事情办完之后，一定会使部长满意的，你看着罢，下一个月你们老爷又可以升一级了。"

那位张太太在说话的时候就站了起来，面对着胖王太太靠在镜台边上，手里拿着一支香烟，脸上隐含冷讥，而带着一种不自然的笑，眼睛斜睨着口里吐出来的烟圈儿，好像有点儿看不起同伴的样子。胖王太太是多聪明的人，看着对方的姿态，眼珠一转就立刻明白了一切，对张太太翻了个白眼，抬起手来笑眯眯地要打她的嘴，同时娇声地说：

"你看你！人家真心真意的同你商量商量正经事情，倒招得你说了一大串废话！别有口说人没有口说自己。你也不错呀，你看刘局长给你收拾得多驯服，叫他往东他不敢往西，只要你一开口要甚么，他就惟命奉行。今儿晚上他有紧急会议都不去参加，而来陪着你跳舞，这不都是你的魔力么？还要说人家呢！哼！"

胖王太太显然地有点儿不满同伴的话，所以她立刻报复，连刺带骨的，说得张太太脸上飞红，很不是味儿，可是又没有办法认真，因为她们平常说惯了笑话的，况且刚才又是自己先去伤别人的，现在只好放下了怒意，很温和的笑着，亲亲热热地拉住了胖王太太伸出来要打她嘴的那只手，低声柔气地说：

"你瞧，我同你说着玩儿的几句笑话，你就性急啦，你不知道我心里多难过！我也很同情你，我们还不是一样？做太太真不好做，又要管家的事情，又要陪着老爷在外边张罗，一有机会就得钻，一个应付得不好，不顺了意，还要说我们笨，坏了他们的事，说不定就许拿你往家里一放，外边再去寻

一个，你说对不对？你看我们不是一天到晚的忙！忙来忙去还不是为了他们？有时想起来心里真是烦！"

胖王太太这时候坐在那里低着头静听着同伴的话，很受感动！并撩起了自己的心事，沉默着甚么也说不出来了，可是时间不允许她再往深里想，里间屋的人已经都走出来了，一位穿淡蓝衣服的女人头一个往外走，脸上十分为难的样子叫着：

"王太太！你快来劝劝吧！我们说了多少好话李小姐也不肯换衣服，你来罢！要看你的本事了。"

第二个走出来的是那位淡妆的少女，身边陪着一位较年轻的少妇。那少女脸上一点儿也不擦粉，也不用口红，可是淡扫蛾眉，更显清秀，头发也不卷，只是梢儿上有一点弯曲。穿了一件淡灰色织绵的衣服，态度大方而温柔。自从一进门，脸上就带着一种不自然的笑，在笑容里隐含着痛苦，好像心里有十二分的困难不能发挥出来。这时候她慢慢地走到王太太面前低声的说：

"王太太！实在对不起您的好意，我平常最不喜欢穿别人的衣服，我不知道今天要到跳舞场来，所以我没有换衣服，这样子我是知道不合适的，所以还是让我回去罢！下次我预备好了再来好不好？况且我又不会跳，就是坐在那儿也不好看的，叫人家笑话，于您的面子也不好看！"

少女急着要想寻机会脱身，她实在不愿和她们在一起，可是她又不得不跟着走。胖王太太是决心不会放她的，无论她怎样说，胖王太太都有对付的方法。胖王太太立刻向前亲热的拉着她的手说：

"不要紧，李小姐！不换也没有关系，就穿这衣服更显得清高，你当然不能打扮得像我们这样俗气，你是有学问的，应当两样些，反正不下去跳舞，等将来你学会了跳舞再说好了。

不过你的头发有点儿乱！你过来我给你梳一梳顺，回头别叫外国人笑我们中国人不懂礼貌，连头发都不理！你说对不？"

胖王太太不等对方拒绝就先拉着往镜台边走，一下就拿李小姐硬压着坐在镜子面前，拿起梳子，给她梳理。李小姐急得脸都涨红了，十分不高兴的坐了下来，可是要哭又哭不出，那种样子真叫人看了可怜！婉贞坐在椅子上看得连气都透不过来了，恨不能过去救她出来，这时候她已经看明白她们那一群人的诡计，暗下庆幸自己昨晚没有钻入圈套，因为昨晚王太太约她今天到她家去吃饭，也不是怀好意的。因此她痛恨她们，她同情李小姐，她想找一个机会告诉她，可是她怎样下手呢！正在又急又乱的当儿，她听见李小姐在那里哀声的说：

"王太太，您别费心了，我的头发是最不听话，一时三刻的叫它改样子是不行的，您白费工夫，反而不好看，我看还是让我回去罢！我母亲不知道我到舞场来，回头回去晚了她要着急的，她还等着我呢！我们出来的时候您只告诉她去吃饭，她还叫我十点以前一定要回去的，还是让我走罢！下次说好了再陪你们玩好不好？"

"别着急，老太太那面我会去说的，等一会儿，跳完了我一定亲自送你回去，到伯母面前去告罪，她一定不会怪你的。"王太太在那儿一面梳，一面说，同时耍飞眼给张太太，叫她快点去买一个别针来，她这儿只要有一个别针一别就好了，张太太立刻明白了王太太的意思，走到婉贞柜子边上，叫婉贞拿一个头上的别针，再拿一支口红，一个金丝做成的手提包。一面问多少钱，一面从包里拿出一大卷钞票，一张张的慢慢数着。

婉贞虽然手里顺着她说的一样样地搬给她，可是心中一阵阵的怒气压不住地往上直冲，恨不能立刻离开这群魔鬼，她

看透了她们的用意，明白了一切，怪不得昨天那位王太太十分殷勤地同她讲话，一定要请她今天去她家吃饭，要给她交一个朋友。她昨天还以为她是真心诚意来交朋友呢！现在她才明白了她们的用意，大约她们也有所利用她的地方。心里愈想愈气，连张太太同她说话她都一句没听见，心里只想如何能将她们这一群鬼打死，救出那位天真的小姑娘才好。这时候她只听得面前站着的张太太拼命的在那儿叫她：

"哟！你这位小姐今天是怎么一回事呀！是不是有点儿不舒服呢？怎么我同你连说了几遍，你一句也没有听见呀？"张太太软迷迷的笑着对婉贞看，好像立刻希望得她一个满意答复。

婉贞想要痛痛快快的骂她几句，可是又不知如何说法，只得将自己的气往下压。在礼貌上她是不得不客客气气的回答她，因为这是她职位上应当做的事情，可是再叫她低声下气地去敷衍是再也办不到的了。她的声调已经变得自己都强制不了，又慢又冷的说：

"好吧！你拿定了甚么，我来算多少钱好了。"

张太太也莫名其妙的，只好很快地将别针等交给婉贞算好了钱，包也不包拿了就走。她只感到婉贞有点不对，可是她也不明白是怎么一回事，心想还是知趣一点少说话吧！婉贞呢？这时候的心一直缠在那位小姑娘身上，她要知道到底是否被她们强拉着走了，这时候她再往前看，只看见那位王太太已经很得意地将头发给她梳好了。当然是比原来的样子好看得多，可是那小姑娘一点也没有注意到，她只是低着头愁眉苦脸地沉思着，王太太在旁边叽叽咕咕讲了许多赞美的话，她一句也好像没有听见，想了半天忽然抬起头来满脸带着哀求的样子，又急又恨的说：

"王太太！请你不要再白费时间了，你看这时候已经十点多，快十一点了，我再不回去母亲一定要大怒，您别看我已经是长得很大的人了，可是我母亲有时候还要小孩子一样地责打我呢！我们的家教是很严的，又是很顽固的，我父亲在上海的时候，哥哥读到大学还要挨打呢！我女孩子家更不能乱来，这次若不是为了父亲在内地，家用不能寄来，我母亲决不会让我出去做事情的，事前她已经再三地说过，叫我不要到外边来交朋友，如果不听她的话，她会立刻不让我在外面工作的。所以您还是让我回去！您的好意我一定心领，等过几天我同母亲讲好了，再出来陪您玩，不然连下次都要没有机会出来的。"

胖太太听着她这一段话，心里似有所动，静默了一分钟，深思一刻，立刻脸上又变了，像下了决心一定不肯放松这个机会，急忙拉着她的手，像一个慈母骗孩子似的，放低了声调，用最和暖的口气，又带着哀求的样子说：

"得了！我的好小姐，你别再给我为难了，就算你赏我一次面子，我已经在别人面前说下了大话，别人请不到的我一定请得到，你这么一来不是叫我难为情么？"说到此地，再将声音放低着好像很郑重似的——"况且等一会儿部长还亲自来跳舞呢！给他知道了你摆这么大架子，不太好，说不定一生气，就许给你记一个大过，或者来一个撤职，那多没有意思呀！你陪他坐一忽儿又不损失甚么，他一高兴立刻给你加薪，升级都不成问题。你想想看，别人想亲近他还没有机会呢，你有这样好的机会还要推三推四的，简直成了傻子了。"她连说带诱的一大串，说得那个小姑娘也低了头一声不响的，十分意动。

这时候那张太太也走到了她们面前，并在那儿拿手里的东西给她们看，王太太立刻就拿别针抢过去往她头上戴。一个

不要戴，一个一定要，三个人又笑又闹的正在不可开交的时候，门外边忽然又冲进来两个女人，一个是穿着西式晚礼服的在前面走，一边走一边大声地叫骂，后边一个穿了旗袍的比较年轻一点的满脸带着又急又窘的样子，在后面紧紧的追着她。这时候一屋子的空气立刻变得紧张，每个人的视线都集中在她两个人的身上。婉贞本来是已经头昏脑涨，自己觉得连气都快喘不过来了，恨不能即刻逃出这间恼人的屋子，到一个没有人影的地方去清静一下。可是这时候给她两人进来后，她也忘记了一切，只有张大两只眼睛急急的看着她们到底又是闹的甚么把戏。只听得那先进来的女人，坐在近着婉贞的桌子边上那镜台的椅子上，用木梳打着桌子发出很响的声音，带着又气又急的声音对着坐在她左边椅子上的少女说：

"好！多好！这是你介绍给我的朋友，多有礼貌！多讲交情！还是受过高等教育的人呢，做出这种下流不要脸的事！看她还有甚么脸来见我！真正岂有此理，你叫我还说甚么？"说完了还气得拿木梳拼命用力向自己的头上乱梳，看样子连自己都不知道是在梳自己的头发，简直气糊涂了。那边上的女人，听完她的话，脸上显得十分不安，也急得连话都支支吾吾的讲不清楚——

"你先慢点生气，到底是怎么一回事遭得你生这么大气，我却还不明白，大家都老朋友了，能原谅就原谅一点罢。"

"你倒说的轻松！反正不在你的身上，若是你做了我一定也要气的发晕。"

"到底你是发现了甚么怪事呢？"

"你听着，我告诉你！刚才不是在我家里吃完了饭大家预备到这儿来么？我们大家不是都在客厅里吃香烟穿大衣吗？是我叫亨利上楼去锁了房门，叫佣人带了小倍倍早点

睡，我们今晚上回家晚。等他走了不多一会儿，曼丽也跟着上楼去。那时候我一点也不疑心，以为她是上WC去的，谁知道我们讲了许多时候闲话，她们还不下来。你同小张他们正说得热闹呢，也没有留心，我是已经奇怪了，所以就不声不响轻轻的走上楼去。在楼梯上我已经听得两个人轻微的笑声，我就更轻轻的一步步地走到房门口，轻轻的推一下。还好，没有锁上，他们大约也没有听见。等我走进一看，好，真美丽的一个镜头，两个人互相抱着很热烈地接吻呢！你说我应该怎办！你说！"这时候她一连串说完了，还紧逼着旁边那个女人说，好像是她做错了事情似的，那个女人倒有点儿不知道说甚么好。也许是事情使她太惊奇，只好轻声的说："唔！那难怪你生气。"低声的好像说给自己听似的。

"我当时真气得要哭出来了，只好一声不响回头就下楼，她们也立刻跟了下来。大家都在门口等着上车呢，我只好直气到现在。"

"我说呢！我现在才明白，怪不得你在车子里一声也不响，谁也不理呢！原来是如此。"她虽然是低声冷静地回答她的话，可是她的脸色也立刻变了腔，眼睛看着鼻子，好像正在想着十分难解决的事情，对面讲的话也有点爱听不听的样子。

"你看你！怎么不响了？你给我出个主意呀！你看我等一会儿应该怎样对付她，还是对大家说呢，还是不响？我简直没有了办法了，同你商量你又阴阳怪气的，真不够朋友！"

"你也不要太着急，大家都是社会上有地位的人，不要闹得太没趣，慢慢的再商量办法。反正曼丽也知道给你看破她还不好意思再同你亲热了，只要你对你自己的老爷稍微警诫警诫，料他以后也不会再做，闹出来大家没有意思，你说对么？"

这一位听了对方几句很冷静的话以后倒也气消了一半，态度也不像以前那样紧张了，眼睛看着对方的脸静默了几分钟，慢慢地站了起来，低声的说：

"好吧！我听你的话。不错，闹起来也没有多大好处，只要我以后认识了她就是。那我就托你等一会儿，她若是进来，你说她几句，叫她知道知道，就是我不响，问问她自己好意思么！我是不预备再同她讲话了。"说完了就往外边走去，那一个是一只手托着脸，眼睛看着另一只手里的香烟，满脸不高兴的样子，一声也不响，这时候屋子里的空气非常之静。婉贞自从她两个进来之后眼睛一直没有离开她们的身子，心里逼着一口气，听出了神，这时候才算把气松了，抬眼一看屋子里的人也都走完了，只有静坐的那一位——她也好像没有觉得屋子里还有第二个人，婉贞也看着她不知道想甚么好。忽然里屋子的小兰匆匆忙忙的跑到婉贞面前，好像又有甚么大事发生了似的说：

"快点！你的电话，大约是家里来寻你，说是有要紧事情叫你无论多忙也要去听一听，你快去罢！"她说完了就即刻要来拉婉贞去，婉贞可给她吓得连话都说不出来了，身体都麻木了似的，好像是才从一个噩梦里惊醒，自己都不知道自己在甚么地方。可是听说是家里，她才想起一切，想起还有二宝病着呢！这时候来电话不要出了甚么事——她不敢再想，她怕得连着出冷汗，心里跳得几乎站都站不起来。小兰也不管她说甚么，只急急的拉着她就往里跑，拿起电话筒她亦说了一声唅，就再也说不下去了，只听得立生的声音在说：

"你是婉贞么？你怎么样了，问经理支着薪水没有？二宝现在已经热得不认识人了，一定要快去买了针药来打才能退热，不然恐怕要来不及了。你知道么？唅！你为甚么不说话呀！"

　　婉贞听着立生的急叫声，她已经失去了知觉，她心里一阵阵的痛，脑子里乱得连她自己都不知应该做甚么好。老实说她自从进来之后，脑子一直没有时间去想这件事，现在才又想起二宝那只烧得像红苹果的小脸儿，她又何尝不想立刻能拿到钱呢！可是她……

　　"唉！唉！你说话呀！到底你甚么时候回来？能不能早一点把药带回来？你为甚么不开口呀？真急死人了。"

　　"好，我知道了，在半个钟头以内一定回来。"勉强的逼出来这一句话，说完不等回答就把电话筒挂上了，她自己也飘飘荡荡的，站也站不直了，好像要摔倒似的，吓得小兰立刻上前扶着她走到外间去。婉贞由她扶着像做梦似的向前走着，可是心里简直难过得快要哭出来了。这时候她需要安静，静静地让她的脑子清一清，可是事实不允许她如此做。等她还没有走到自己座位面前，已经听得又有一个女人在那里同刚才坐在镜台边静想的一个在那儿吵架，声音非常之大，一句句地钻进婉贞的耳朵里，不由她不听。那一个坐着的女人这时候脸色变得很苍白的，瞪着大眼对立在面前的女人厉声的说：

　　"我告诉你，叫你醒醒不要做梦！亨利老早就是我的人，他没有同莉莉结婚之前就是爱我的，因为我不能嫁他，他才娶的莉莉。我可不能让你们有任何关系，你快给丢手，不然我决不饶你，你当心点！"

　　那女人听了这些话，反而抬起了头大声地狂笑——笑得十分的自然而狡猾，又慢又冷地一个字一个字的说：

　　"真可笑！说这种话不怕人笑，亨利不是你的丈夫，你无权管，我爱谁恨谁是我的自由，谁也管不着。我高兴怎么做就怎么做，不劳你多讲。"

　　婉贞这时候自己的心里已经乱得没有法子解脱，再听着

这些无聊话更使得她的心要爆炸似的，一口气闷得连气都透不过来，简直像要发疯了。她看一看自己的周围，灯光辉煌，色彩美丽，当然比自己的家要舒服得多。可是现在她觉得这个地方十分可怕，坐都快坐不住了，柔媚的空气压不住她内心的爆火，她只觉得自己的脸一阵阵发烧，心里跳得眼前金星乱转，一个人像要快被逼死。面前那两个人的吵架声，愈来愈往她耳朵里钻，她不要听——她脑子里再也放不进任何事情了。可是坐在近边，那声音不知不觉的一个字一个字的钻进来，她恨不能立刻高声的叫她们走出来，或是骂她们一顿，她简直再也忍不住了，她站了起来对她们张了口正想骂出来，可是一时又开不了口，急得脸红气喘，坐立不安。这时候她不能再忍一分钟，非立刻离开此地不成，不然她可能就发了疯，她自己都控制不了自己了，只感觉到屋子里的空气好像重得快把她压死了，非走不可。想到走——她就不能等有别的转变，立刻不顾一切地一直往门外冲，走过舞池她也好像没有看见，音乐在她身边转，她也没有听见，只是直着眼睛，好像边儿上没有第二个人，急匆匆只顾向前走，连自己都不知道要向哪儿去。显然的她已经失却了控制力。走到二门，可巧经理先生站在那儿招应客人。看见她那样子，以为里面出了甚么意外的事情，他立刻紧张地迎着问她：

"哙——婉贞小姐！您为甚么这么急冲冲的，有甚么事情么？"

婉贞根本就没有留心到他，他所讲的话也没有听见，毫无表情地一直往前走，经理先生在后面紧跟着叫，也是没有用。

她一口气走出了大门，到了外边草地上，四外的霓红灯照得草地上也暗暗的发出光亮。因为这所房子四外的空地相当大，到了夏天就把空地改为舞池，所以有的地方种着许多的小

树同花木，环境很觉清静。婉贞一口气跑到左边的一片草地旁边，随便的坐到石椅上，轻轻的舒了一口气，才觉得自己胸口稍微轻松了一下。晚风吹入她的脑子也使她清醒了一点，在这个时候她才像大梦初醒似的，开始记起自己现在所处的地位，她一定要决定一下应当怎么做才对。这时候她好像听得立生在电话里的声音——那种又急又怨的声调，真使她听得心都要碎了，她明知此刻二宝是多么需要医药来救他的小命儿，金钱是多么重要的一件事，小脸儿烧得飞红的小二宝正在她眼前转动，她又何尝不爱这个小儿子呢！她一阵阵的心酸，恨不能自己立刻死了罢！她一个人站在椅子边上，走两步，又退两步，想来想去，她是应该尽她母亲的责任的，她决不能让二宝不治而死的，她还是顾了小的吧，于是她又慢慢地一步步的走回到大门边，想进去问经理先生预支点薪水，打电话叫立生来拿了去买药，快点给二宝吃。可是到了大门口，她已经听见里面音乐声——在那儿抑扬的响着！这时候二宝的小脸忽然消失了，只有刚才那些女人的脸一张一张的显现在她的眼前，她又回想起在屋子里的一切，她又迷糊起来了，她走到门口想进去，可是自己的腿再也抬不起来了，她已经感到她的呼吸不能像在外边那样的舒畅。她又感到气急，这种非兰非香的浓味儿，她简直是受不了，她回身再往草地上走——她想——想到今儿晚上，短短的两三个钟头内所见所闻的一切，再起头想一遍，实在是太复杂，太离奇了。不要说亲自听见，看见，就是在她所看过的小说书里，也没有看到过这许多事情——难道说这就是现在的社会的真相么？她真是不明白，如果每晚要叫她这样，叫她如何忍受呢？难道说叫她也同她们这些人去同流合污么？

昨晚回家她已经通宵不能安睡，她感到这是另外一个世界，她过惯的是一种有秩序又清静的生活，一切是朴实的简单

的，现在忽然叫她重新去做另外的一种人，哪能不叫她心烦意乱呢？所以经夫妻两人商量之后预备放弃这个职业，情愿穷一点，等以后有机会再等别的事情做罢。今天下午她看了二宝烧得那样厉害，而家里又没有钱去买药，便一时情感作用，预备牺牲自己，再来试一下，至多为了二宝做一个月，晚上就可借薪水回来了。可是现在她决定不再容忍这一类的生活，因为就算救转了二宝的生命，至少她自己的精神是摧残了，也许前途都被毁灭了。她愈想愈害怕，她怕她自己到时候会管不住自己，改变了本性，况且生死是命，二宝的病，也许不至于那样严重，就是拿了钱买好了药，医不好也说不定，就是死了——也是命——否则以后也会再生一个孩子的——她一想到此地她的心里好像一块石头落下去，立刻觉得心神一松。她透了一口气，抬起头来向天上一看，碧蓝色的天空，满布着金黄色的星，显得夜色特别幽静，四围的空气非常甜美。这时候她心里甚么杂念都没有，只觉得同这夜色一样清静无边，她心中很快乐——她愿意以后再也不希望出来做甚么事情。因为不管做甚么每天往外跑，至少衣服要多做几件，皮鞋要多买几双，也许结算下来，自己的薪水还不够自己用呢！不要说帮助家用了。

这时候她倒一身轻松了许多，也不愁，也不急，想明白了。她站起来很快的就一直往大门外边走去，连头也不回顾一下身后满布着霓虹灯的舞场。一直走出大门叫了一辆黄包车，坐在上面，很悠闲的迎着晚风往家门走去，神情完全和刚来时不一样，她只觉得自己还是一个天下十分幸运的人呢！

河伯娶妇

一

距今二千四百多年前，是在我国战国时候，有一个人名叫西门豹，他办事精明强干，很有名气。魏文侯听到了他的才名，就请他去管理邺郡（地名，在河南省临漳县西）的行政事务。这个地方介于韩国和赵国之间，靠近太行山，物产丰富，土地肥沃，再加上地势又非常险要，所以非得有这么一位有才干的人去管理不可。

西门豹领命之后，就立刻去上任。一到邺郡，他所看到的，只是一片萧条的景象，人口稀少，商店营业清淡，一点生气也没有。他愈看愈觉得奇怪，这是怎么一回事呢？于是他就立刻邀请了当地几位父老（父老，对老年人的敬称），打算向他们探听一些实在情形。

可是当西门豹问起当地怎会显得这样不景气的时候，每一个老人都立刻露出一种局促不安的神气，吞吞吐吐的，仿佛又想说，而又不敢说似的。这时候，西门豹心里十分纳闷，看他们的样子，一定有什么难言之隐，一时还不敢直说。于是他很诚恳地对他们说道：

"父老们，你们不用害怕，有什么为难的事，只管讲出来，我们大家商量商量，我一定设法帮助你们。你们到底是为了什么弄得这般贫苦呢？"

其中有一位父老看到这新来的官员，对他们如此关怀，很受感动，就大着胆子说道：

"以前呢，我们这地方的日子，还能过得去；只是近年来出了一件使我们最感头疼的事，就是每年在这个时节里给河伯送一个新媳妇去。就在这两天里，又要办今年的喜事啦！"

　　西门豹一听，奇怪得睁大了眼睛："怪事，怪事！河伯是谁？为什么年年要娶媳妇？"

　　"咳！"另一位父老长长地叹了一口气，接着说，"难怪你老不知道，听着奇怪。这话说起来可长啦。你没瞧见城外有一条河吗？那就是漳河（漳河，河名，发源于山西省）。河伯呢，就是这条河的河神，他顶爱好年轻貌美的姑娘。这位河伯专管河水的涨落，我们又都靠着这河水生存的，所以每年一定要给河伯送去一个漂亮的大姑娘，他才保佑我们年岁平安，五谷丰登。不然的话，只要河神一发怒，涨起大水来，我们都得被水淹死，房屋和庄稼也被大水冲走了。"

　　西门豹听了这种稀奇古怪的事，真不敢相信，认为其中一定还有别的隐情，于是又问道："这是谁出的主意？"

　　"这是巫婆（巫婆，靠迷信骗人为生的老太婆）出的主意，虽然我们谁也没有真的见过河伯，可是咱们本地人都让水吓怕啦，不敢不信，也不敢不服从，何况还有三老（三老、廷掾、豪长都是管理当地事情的人，等于后来的保长、甲长之类。三老是一个官，不是三个）的大力支持。每年都由廷掾、豪长和巫婆共同筹划，替河神办婚礼，老百姓年年要缴纳几百万钱，其实，办喜事只需用二三十万钱就够了，其余的还不是他们分掉啦！"

　　西门豹愈听愈有气，不由得说道："真是的，你们就这样甘心情愿听他们的摆布，不说一句话吗？"

　　另一位父老接着说道："咳！这有什么法子呢？他们各有各的职司：巫婆专管祝神祷告，抽税收钱的事，是由三老、廷

掾他们管的。每到春初播种的时节，巫婆就要带了她手下那些徒弟，一家家地去访问，只要瞧见谁家的姑娘长得好看一些，就说这姑娘命里注定该做河伯夫人。要是这一家人有钱，送一笔钱给巫婆，她就可以放过你，另外找别的姑娘来替代；如果没有钱孝敬她，只得由她将姑娘带走，任凭你哭死也没有用。到了河伯娶媳妇的一天，巫婆在河沿上设下'斋宫'（斋宫，斋戒的地方），绛帏（绛帏，大红的帐幕）床席铺设得整整齐齐，再把选来的那个姑娘沐浴更衣，打扮得像新娘的模样，住在斋宫里面。时辰一到，就把这位姑娘送上一条由芦苇编成的小船，那船随着风浪漂去，漂了数十里连船带人翻了，就算是让河伯给接去了。所以这些年来，有闺女（闺女，没有出嫁的女子）的人家都怕被选去做河伯奶奶，宁愿背井离乡，流浪到别处去。因此，这儿的人口就越来越少了。"

西门豹接着又问道："那么每年给河伯送了媳妇去以后，还闹不闹水灾呢？"

"河神爷爷年年娶妻之后，这些年总算还没有闹过水灾。可是，水灾不闹啦，田里却又旱起来了，庄稼都枯死啦！"

西门豹听了这些话，思索了一会，已经把这件事的内情，看得很明白了。他知道，这完全是巫婆同三老们闹的把戏，是他们在愚弄这里的乡民。这块地方忽而水灾、忽而干旱，一定是因为河道出了毛病，等我亲自去细细地观察一番，定能想出解决这个问题的办法。

所以他转过身来，很和蔼地向这些父老们道："这么一说，河神爷爷倒是很灵验的。今年的喜事几时办呀？"

"这两天正在赶着筹备，已经快办妥啦！"

"好吧，既然如此，你们请回去吧。到他们替河神办喜事的时候，请你们告诉我一声，我也去替你们祷告祷告。"西

门豹很诚恳地说。

二

过了几天，河伯娶妇的日子又到了。西门豹穿了官袍，亲自来到河上。只见沿河两岸，悬灯结彩，敲锣打鼓动，远近的老百姓也都来到这里，约莫有几千个人，倒也十分热闹。

三老、延掾和豪长早已来到了，他们恭恭敬敬地站立在西门豹身旁伺候（伺候，服侍）着，连大气也不敢喘一下，显得十分尽职的样子。可是西门豹看到他们那副丑态，心里感到十分厌恶，一直连正眼都不瞧他们一下，话也不同他们讲一句。

一会儿，只见一簇人（一簇人，就是一丛人）远远地走了过来，其中最引人注目的是正中的那个老妇人，派头十足，周围有二十多个小女巫跟着。西门豹一问左右，才知道这就是主持婚礼的巫婆。

这群人的后面，带着那位就要去做河伯奶奶的大姑娘，身上虽打扮得齐齐整整，却正低着头哭泣。

当这些人走近的时候，三老先引巫婆来见。她走到西门豹面前，满脸堆着笑容。西门豹一眼望去，见她已有六十上下年纪，面貌丑陋，装扮得三分像人，七分像鬼，就吩咐她道："麻烦巫婆，把新娘带过来，我要看一下。"

巫婆便唤徒弟把新娘领来。可怜这位虽被打扮得珠光宝气的新娘，却是只愿低着头，悲切切的，哭得像泪人儿一般。

西门豹对这女孩子端详了一番，心里想：要不是我今天来到这儿，你这条性命就要白白牺牲了！这时候，他早已胸有成竹（胸有成竹，比方做事早有定见），所以很自然地环视巫婆和三老等众人，对他们说道：

· 156 ·

"河伯是主宰这里生灵的神圣，一定要选一个漂亮绝顶的姑娘，才配得上去。我看，这个女孩子还不够格，还是另外再挑选一个吧。可是，一时往哪里去寻呢？……"他一边说，一边做出思索的样子，一声也不响。过了好一响，他忽然抬起头来，向巫婆说道："哦，有了！你不是跟河伯向有来往吗？我看这么办吧：就请你去跟河神说，'太守要另选一个绝色美女，奉献河神，过两天选好之后，一准送去'。"

西门豹的话还没说完，那巫婆的上下牙齿已经在那儿打起仗来了，死命地瞪出两只小猪眼，看着西门豹，张着嘴想说话，可是发不出声，脸上的汗珠像黄豆一样大，直往下淌。

西门豹说完，连正眼也不向她看一看，便对身旁的两个士兵摆了摆手，说："你们好好搀扶巫婆下河去吧！"又转过身子叮嘱巫婆："你可别在河伯那里多耽搁，我还在这儿等着你的回话呢。"

这时，巫婆的身子尽往下缩，立刻缩成一团。士兵们不敢怠慢，一边一个，把巫婆抬了起来，倒栽葱似的抛到河里去了。

巫婆被抛下河以后，西门豹就走到河边，踱来踱去，一本正经的好像在那里等候回音。

站在四周观看的老百姓们见到这种情景，莫不大惊失色，呆在那里不动，大家都不知道是吉是凶，摸不着头脑。这时，岸上静悄悄的，一点声音也没有，只有漳河的水在潺潺地流着。

过了半天，西门豹显出不耐烦的神色，向那些小女巫说道：

"巫婆年老了，不会办事，下河这么久，还不上来。你们去一个人，跟你们师父说，叫她快点上来，说我这儿立等回话呢！"

这几个小女巫一听这话，都吓呆了，露出告饶的表情。西门豹理也不理，向士兵点了点头。几个士兵拉着一个小女

巫，不由分说，就往河里推。只听得"扑通"一声，水面上起了几个大水花，小女巫往上冒了两冒，就沉下去了。

又过了一会儿，西门豹假装发火，说道："咦！师徒两个，怎么这么大半天，一个也不上来？再找个徒弟去催催。快去快来！"士兵们答应一声，又把一个小女巫扔到河里去。

就这样，一连去了三个小女巫，连带那个巫婆，一个也没上来。

西门豹转身向三老说："妇道人家不会办事，就烦三老劳驾一趟吧。"

三老急得脸色发白，要想说话，可是一句话也说不出来。士兵们左牵右拉，立即把他抛入河里。

西门豹拱着手站在那里静等，越发做出毕恭毕敬的样子来。

过了大半天，西门豹又说道："三老大概是年纪大了，不顶事，传话也传不清楚，须得廷掾、豪长去跟河伯把话说个明白才好。"

廷掾和豪长在三老下河的时候，已经预料到快要轮到他们头上了，心里早已十分慌乱；到了这个时候，吓得冷汗直流，要想向西门豹叩头求饶，可是连叩头的力气也没有了。两颗脑袋尽朝地上碰，额上的鲜血直往下淌，弄得面目模糊，跪在那里不肯起来。

西门豹这才向四周的老百姓说道："你们大家看明白了没有？下去几个人，一个也不上来，河伯究竟在哪儿？"又向廷掾和豪长说："多少闺女死在你们手里，多少人被你们害得家破人亡，漂泊异乡，你们自己说说看，应当怎样抵偿？"

廷掾和豪长拭了一拭头上的血，向西门豹叩头哀求道："委实都是巫婆捣的鬼，我们都是受了她的欺骗。求你老饶命吧！"说着，把头叩得更响了。

西门豹说："你们死罪虽免，活罪难逃。老百姓历年来为了这件事，费了多少钱财？现在应该把你们的家产全部赔出来，偿还他们。"又向众人说："从今以后，谁要是再提起给河伯娶妻的事，就让谁去当大媒，和这巫婆一样。"

西门豹又查了一查民间有年长无妻的，让他们和这些小女巫成了婚，各自回去安家立业。从此以后，邺郡的巫风也就绝迹了。

三

后来，西门豹为了防治水灾，把漳河和邺郡一带的地形仔细相度（相度，测量）了一番。原来这条河有四个源头，都从太行山以西发源；山西的地方全是高地，河水从山上流下来，冲到平地，水势太急，若逢雨水过多，河道来不及宣泄（宣泄，疏通水流），河水就会泛滥成灾。

于是，西门豹就把这个道理对老百姓说清楚了，发动大家凿了十二条渠（渠，小的河道）把漳河的水引到渠里。这样，既调节了漳河的流量和水位，又使广袤（广袤，土地的面积，东西称广，南北称袤）的田亩得到渠水的灌溉，不致再闹水灾或旱灾，增加了农作物的产量，因而老百姓过的日子也逐渐好转起来。

这十二条沟渠，当地老乡们管它们叫"西门渠"，好几百年来，一直起着调节水旱的作用。直到三国时，曹操攻打袁尚，决漳河的水来灌邺城，这十二条渠才被堵塞了。

萤火虫

　　有一个幻术家为要研究学问隐居在一处森林内的一所茅屋里。这是在热带地方的一个夏天。在那屋子相近的树林里住着一只最美丽的萤火虫。她带在身上的光是耀眼的亮，可是又软和又闪动的，像是那黄昏晓，每回她从青林深密处穿进又穿出的时候像是一单炷的火焰，她歇在叶子上喘气或是倒挂在树枝上放光的时候像是一盏灯；要不然就像一个游行的流星，当她在最高的树顶光头一亮亮滑溜过的时候；这些把戏她常常玩，因为她是一只好胜的萤火虫。她慢慢地认识了那幻术家，有时候她歇下来坐在他的头发里发光，或是在他的书篇上爬过曳着她的光阴的尾光。那幻术家比什么都看重她！

　　"她该长一对多媚的眼要她是一个女人！"他心里想。

　　有一次他对她说："你一定是顶快活的，你这少有的又美又亮的小宝贝！"

　　"我是不快活的，"那萤火虫回话说，"我是什么东西，话说回来，我还不是尾巴上带着一枝小蜡一个飞虫子？我愿意我是一个明星。"

　　"就算。"那幻术家说，拿他的魔棍碰了她一下，她就变成了高高在上的一颗美丽的明星。

　　过了几晚那幻术家又问她这回满足不满足了。

　　"还是不，"她回说，"我是一个萤火虫的时候，我爱飞到那（哪）儿就飞到那（哪）儿，来去都由我。现在我可得一定在什么时候升起什么时候落下，也就有这么一忽儿

放亮，没有得多。我一点也不能飞了就这慢申申在天空里爬着。在白天我竟不出来，我就亮着也没有人看得见。我常常叫雨、雾、云、给蒙住了的。就在我照得顶亮的时候人家善欢我也比不上我做萤火虫的时候，这天上多的是别的明星。不错在夜晚我是看见人家仰起头来看着我，可是我又怎么能知道他们看的是我呢？"

"天然的规律就许这么来。"

"您别跟我讲什么天然的规律了。"那萤火虫说，"我没有造作什么规律不规律，我为什么得受它们的指挥。您再让我变别的东西吧。"

"那你做什么？"那好说话的幻术家问她。

"我在这儿一路爬着，"那星说，"我瞧着有这么一流清亮的柔软的光。那是从你书房那台灯里来的。它从你那窗户里流出来像是一河小银的流波，又凉爽又暖和的，让我做那么一盏吧。"

"算数！"那幻术家说。那星就变了一盏可爱的玻璃灯，放在他书房的一个壁龛里。

她的贞洁的光，他念书的时候尽照亮着他的书篇，到了时候吹灭了她然后上床去睡。

第二天早上那灯又发气了。

"我没有让你拿我吹灭的。"她说。

"那你就得自个儿萎灭了去。"那幻术家说。

"什么！"那灯叫起来了，"我还不是凭着自己的光亮着吗？"

"当然不是：现在你既不是一个萤火虫也不是一个明星。这回你得靠着旁人。我要不把这油膏加下去你就得永久黑着。"

"什么？"那灯又灭了，"我自己再没有光亮！你得让我做一盏光亮着的长生灯，要不然我爽性灯都不做了。"

　　"唉，可怜的朋友，"那幻术家忧愁地回答她，"只有一个地方可以长生的。我可以让你做一盏墓宫里的灯。"

　　"好。"那灯说。那幻术家就拿她变成了一盏异样的神密（秘）的灯。人们开掘往古帝王或是卫士的墓有时发见那一类，虽则没有油膏，可是永久保持着一炷光彩。他就带了她到一处墓宫，在那里长眠着一个伟大的君王，满身熏着异香，穿着黄金袍服的，他把她放在那尸体的头边，那可怜的主意不定的小萤火虫究竟在那坟窟里得到安息没有，我们除非自身到她那里去就无从知道。但是那幻术家自管封止那墓宫的门，心里转着念头走回了家去。他正走近他的茅屋，又见另一只萤火虫一飞一闪地在树林里出进，比原先那一只一样的漂亮。她是一只聪明的萤火虫，十分满意于这世界以及这世界上的一切，尤其满意于她自己放光的尾梢。要是那幻术家乐意收养，我们可以相信她一定愿意和他同住的。但是他再也不看着她了。

　　注：本文为陆小曼译作。

话 剧

卞昆冈

登场人物

阿　明　　老瞎子　　卞　母　　尤桂生　　李七妹

石工甲　　卞昆冈　　石工乙　　严老敢　　王三嫂

地点

山西云冈附近一个村庄

第一幕

卞昆冈家，台右露一角，檐头铺松茅绽出成荫。门前一大枣树，荫下置有木桌及条凳。台后一木栅，有门。遥望见草原及远山景色。院内杂置白石小佛像及其他生物石像。

阿明年八岁，神态至活泼，眉目尤秀丽，穿青布短褂。幕起时阿明正倚枣树下木桌边吹胰子泡，身旁一小石马。天时约五月。时近傍晚，远山斜阳可见。

阿明：（吹泡）瘪了！真讨厌，老不大就瘪了。我想吹一个
　　　　地球那么大的………这好…上去，飞上天去……呼，

呼……上去……呼……好了，好了，这回好了！哟，又瘪了！一个大地球瘪了！……（闻三弦声）咦！他来了。（至木栅门）老周，你回来了。明儿见罢。（走回，骑石马上吹泡）再来一个。

奶奶，奶奶！快来，快来！看我的大地球儿……奶奶，来呀，再不来这地球又要破了——你瞧！奶奶，你倒是哪儿去了？

卜母：（自内）来了，又这儿淘气了阿明！胡嚷嚷的叫奶奶做甚么呀！奶奶这儿正做着面哪，做好好的炸酱面等你爸爸回来吃哪……（自门内转出，腰围厨裙，手沾面粉，年六十余，颇龙钟，行路微震。）

你瞧我这一手的粉……怪累人的……你怎么了？阿明！好，胰子水又泼了一桌子一地，什么地球不地球的！（檐前取水洗手）你爸爸不是今儿回家吗？太阳都快下山了，他这就该到了，快不要顽皮！好孩子，也叫你爸爸欢喜。（收拾桌子。阿明骑马，做驰骋状）。

阿明：哟，对了，可不是爸爸今儿个要回来了么！我又有糖吃了，又有好东西玩儿了！我可不喜欢爸爸那头小黑驴，老低着头一颠一颠的多难看，哪有我这大白马好，长得又美，跑得又快。嗯儿吁！

卜母：大白马？叫你有了大白马还了得，这房子都该让你给冲倒了呢！（取竹椅坐树下。阿明趋伏膝前。）

阿明：奶奶，奶奶！

卜母：干甚么了？

阿明：（声音缓重）奶奶，爸爸真这么疼我吗？

卜母：傻孩子，爸爸不疼你还疼谁。

阿明：干么他老爱看我的眼睛？

卞母：（音微涩）傻孩子，你那小眼珠儿长得好看，你爸爸爱瞧。

阿明：干吗就我的眼睛好看，奶奶，你的眼睛不好看吗？

卞母：爸爸爱你的眼睛就为你的娘……

阿明：奶奶说呀，我娘怎么了？我娘？奶奶不说我娘早成了仙了吗？奶奶，可是您说我娘怎么着？

卞母：傻孩子（手指阿明眼睛）你这对小眼珠儿，就是你娘（音发震）你娘当初的一双眼睛一样。你爸爸就是最爱你娘的一双眼睛，现在你娘不在了，他所以这么疼你，爱看你的眼睛。谁家的爸爸也没有像你爸爸那样疼儿子。他有时简直像是了疯似的，我看了都害怕。苦命的孩子，（抚他的头面）这年岁就没了娘，就有一个老奶奶看着你（举袖拭泪）。我又老了，管不了你，你有个娘多好！可是你爸爸……

阿明：我不，有奶奶不是一样好，爸爸疼我，我疼奶奶。奶奶别哭呀，好奶奶（举小手为拭泪）我疼你极了，你别哭了，爸爸快回来了，回头他见你哭又该不高兴了。我们到门前去望望看好不好？他那么大个儿骑在顶小的驴儿上，我们老远就看得见的（跃起趋栅门前站石上外望）太阳都快没了，那山上起了云，好像几个人骑着马打架呢，都快黑了，像是戴了顶帽子，白白的。怎么影儿都还没有哪，怎么回事？今儿许不来了吧？那多不好，奶奶！

阿明：哟，你瞧，爸爸倒没有来，街坊那女人像是又上我们家来了，谁要他（她）老来？

卞母：女人，谁？

阿明：就是那姓李的寡妇！

卞母：去你的，孩子们说什么寡妇不寡妇的，越来越没有样儿了！孩子们第一得有规矩，不许胡说乱话的，她也待你顶好的，来了就该叫她一声"姨"。

阿明：姨！姨子泡！我才没有那么大工夫呢！

卞母：（怒）顽皮，再说奶奶要打了！（李七妹已推木栅门进院，说话带笑声。李年约二十四五，面有脂粉痕。）

七妹：老太太在家吗？（转眼见阿明倚木栅边，急趋向之欲抱之）哟，这不是小阿明吗？乖孩子，就是你机灵，好宝贝！

卞母：啊，七妹，我说是谁呢，几天不见了？快别理阿明那孩子，他甚么都好，就是怕生，要说呢岁数也不小了，小机灵甚么都说得上，就是怕生不好。你又上哪儿玩儿来了，这天色好，谁都想上山去玩玩，就我这老骨头挪活不了。

七妹：可不是好天气，前儿个我和王三嫂到云冈大佛寺烧香去了。才热闹哪，老太太，那（哪）年也没有今年旺！山里的石榴花开得多大，通红的一片，才好看呢。

卞母：噢，到大佛寺，你们没有碰见我们昆冈吗？他说今儿回来的。

七妹：可不是我们一去就见着卞爷了吗？我们还看着他雕像来了哪。他正雕着一尊骑大狮子的佛爷，就跟那山上的一模一样，真好功夫！狮子好，佛爷的相儿更好，真像活的。那（哪）来这手劲，看着一点也不费事，一锤雕活了一双眼，又一锤雕上了那活灵的神儿，真有他的！老太太，您没看见那小傻子严老敢呢，他老张着一只大嘴，瞪着一双大眼，瞧着他老师的功夫，整个儿看呆了，那神儿才可乐哪！

卞母：这碗饭也是不容易吃的。昆冈倒是从小就近这门儿，才四五岁就拿白粉在墙上满涂，前年过世的郑老爹见了就夸这孩子有天才。我倒是难喜他雕佛像，事儿是累，可是修好的事——你不坐坐？

七妹：哟，我来胡扯了半天，倒忘了我是干甚么来了！可不是，老太太，我要问您家借那水吊子使一使，我们家那个让胡掌柜家借去使坏了。我可不能使坏您的，明儿个就来还。这天干得井水都不能吃了，我还是愿意走远几步路自己去打泉水用，那清甜多了。

卞母：水吊子，门外那一个你拿去使就得了，我们屋子里另有着哪。说是，昆冈怎么还不来？阿明，你听着那道上有驴铃没有，我是真老了，牲口晃到我跟前，我有时候还听不见哪！

阿明：（正忙着拿一副草绳做的马蟹给套是他的白马）那（哪）有驴子，就有我的马——嘚儿吁！

七妹：（斜眼看阿明）这孩子倒真是乖；没有娘的孩子真是苦，奶奶可累着了。他爸爸不是顶疼他的吗？

卞母：我们正说哪，谁家的爸爸也没有他爸爸那么疼儿子。也是他那一双眼睛，简直跟他娘的一式儿没有两样，长长的眼毛，黑黑的眼珠子，他父亲（低声）就迷这对眼睛！你瞧着，昆冈一回来，汗也不擦，灰也不掉，先得抱住了他直瞅他那双眼睛，就像是他眼睛里另外有一个花花世界似的。

七妹：男人本来都是傻的……

阿明：哟，那不是小黑驴的小铃儿响（远远闻铃声）——我来看！（奔栅门口，企着望）是的，奶奶，是的，爸爸回来了。他哼是急了，直要小黑驴跑快，小黑驴真乏，偏

跑不快，那（哪）有我那大白马跑得快。那不是到了吗！我接他去……（开栅门要跑）

卞母：耽着，孩子，不许乱跑，回头再闪交（跤），上回不是闪破了鼻子流了好些血，你爸爸还怪着我哪。等着吧，孩子，一忽儿就到了。（驴铃声渐近。阿明一手拽开木门，探头出外，高声叫）

阿明：爸爸！爸爸！

昆冈：（自内）来了，来了，孩子，你爸爸来了！（进门。面红出汗。风尘满身）这不来了吗，孩子！（擎举阿明，亲吻之）乖孩子，你等急了不是？（看阿明眼，神态凝重，如在祈祷）好孩子，我的亲孩子！（放下，携阿明手走向卞母）娘，我回来了！

卞母：（起立复坐）我说太阳都没了怎么还不来。这一时好吗，昆冈？李七妹刚才来，正说着你，你们不是在大佛寺儿见着了吗？

昆冈：是的，娘，（向李颔首）这几天烧香真旺，我说娘要是有兴致出去烧烧香，山里看看大红花倒不错呢。李家嫂嫂不是前儿个当天就回来了吗？

七妹：回来天都全黑了！王家嫂子在路上直害怕，三步并着两步走的，差点儿闪了个大跟斗！

昆冈：怎么，这二十来里地你们全是走的，好！

七妹：不，那那（哪）儿成。我们骑驴儿到百善村才跑路的。好，要全走那道儿，得半夜还不准到得了哪！你快歇着吧，走道儿怪累的，今儿个天又热，你瞧你汗都透了！我也该走了，老太太，你们吃了晚饭早点儿睡吧。那吊子我使完了就拿来还。阿明乖，叫我声姨！

阿明：我不叫！

昆冈：吭，谁说的，小孩子怎没有规矩！

七妹：今儿不叫，明儿可得叫，我买糖给你吃。走了，明儿见，卞爷！

昆冈：明儿见，李嫂。（李出木门去，低声唱歌，时天已渐暗）

卞母：咳，七妹倒是个痛快人，可惜命运不好！

昆冈：甚么，她也不知道倒（到）底是怎样的人，瞧那样儿可不怎么样——端正。

卞母：得了，别胡说八道的，人家还是新寡呢，我知道你心里反正除了青娥别人都瞧不入眼的，可是呢，死的也死了，你也有时得同活的想想，别成天地做梦了。

昆冈：唉，娘呀，谁说我不转念头呢，可是我老忘不了青娥，娘！你也是个明白人，你说罢，说句良心话，这全村上那（哪）个女人能比得上青娥半点儿，不用说长相儿，就是性情脾气也没像她那样好的。我真不敢草率，回头一个不好，碰着个脾气不好的，不是叫我的阿明受苦吗？

卞母：阿明，爸爸有一个新妈妈，好不好？

阿明：奶奶，爸爸，我可以不要新妈妈，我只要奶奶疼我，爸爸爱我就够了。我不要什么新妈妈！

昆冈：（很难过的样子）知道了，孩子，大人在这儿讲话不要多口，好孩子去玩去吧。（两眼看着远山）娘呀！你老人家放心吧，让我慢慢地来想想，反正有的是时候呢。你去做饭来吃吧。

卞母：好，这才是呢，我也不是屡次地逼你，为的是我也一年不如一年了，我这回的病（摇头）真说不定那（哪）天……我也是为的阿明一个人。咳，真是的，好好的青

娥，为什么抛了我们前头走了呢，好……也是阿明命该是没有娘……这是那（哪）里说起…（自言自语地走了进去，昆岗一直瞧着她走了进去。等了一忽儿）

昆冈：咳！青娥，你知不知道自从你走了，我们家里再也没有乐趣了？青娥……青娥……你怎么叫我忘得了你，咳……（回头寻找阿明，见他正骑马，面转笑容）……孩子是真可爱。来，来，孩子，爸爸回了家，你快活不快活？

阿明：快活极了。爸爸，你不去了吧？我要你老跟我耽着，陪我玩儿。爸爸不在家，就有了大白马陪我玩儿，我今儿给它做了根继绳，下回我拉紧了继绳，它就跑不了了不是？

昆冈：明儿我请你骑驴，我做你的驴夫，好不好？

阿明：不好，你那小黑驴儿脾气怪不好的，老别扭，那（哪）有我那大白马好，它从没有叫我闪跟斗，我就要好爸爸陪着我玩儿。（扑入怀）

昆冈：孩子，真是好孩子。可是你爸爸有事，回家待一两天就得走。奶奶领着你不好吗？

阿明：奶奶好是好，可是奶奶老了。奶奶不是忙着做活做饭，就是坐在大椅子上瞌睡。她也不叫喂我的好白马。我编故事儿给她听，她听不到三句又睡着了。她又非得逼着我叫她姨，就那个寡——

昆冈：�␣，谁教你的，小孩子可不能胡说，奶奶教你总是不错的，教你叫姨你就得叫姨。她常来咱们家不？

阿明：常来，来了就要我叫姨。我可不喜欢她。她唱得也不好听，又偏爱唱，刚才不是一出咱们的门就哼上了吗？

昆冈：不许胡说话，有甚么好事儿讲给爸爸听？

阿明：我想想——噢，有了。爸爸我知道了！

昆冈：你知道甚么了？

阿明：奶奶对我说的。

昆冈：说甚么了？

阿明：说爸爸！

昆冈：说我甚么了？

阿明：爸爸为甚么老爱看我的眼睛！

昆冈：你知道了哪个，孩子！（亲之）多美的一双眼睛（神思迷惘），我的两颗珍珠，两颗星。青娥，你是没有死，我不能没有你。佛爷是慈悲的。这是佛爷的舍利子！

阿明：爸爸，怎么了？跟谁说话了，我害怕！

昆冈：（惊醒）不怕，孩子。我——我想你的娘哪！

阿明：我娘她不回来了。

昆冈：你是她给我的。

阿明：爸爸，我要是没有我这双眼睛，你还疼我不？

昆冈：别说胡话，怎么会没有这双眼睛，我的宝贝。

阿明：就像那关帝庙前小屋子里那弹琵琶的老周。

昆冈：你说那老瞎子？

阿明：是呀，要是我同他一样瞎了眼怎么好，那你一定不爱我不疼我了，我知道！

昆冈：不许说，小脑子里那（哪）来这些怪念头！

阿明：我不说了，我就要爸爸老是这么疼我，老陪着我玩，老爱看我的眼睛！

昆冈：亲儿子！

卞母：（自内）吃饭了，阿明。快来！

昆冈：奶奶叫吃饭了，快去。小黑驴儿也还没有吃哪。奶奶管

你，我得管它。你去吧。

阿明：爸爸，咱们说着话这天都黑了，甚么都看不见了，我怪
　　　害怕的。

昆冈：有我呢，有你爸爸。…到时候了，你先去吧。

阿明：你也就来吧！

昆冈：就来。（昆冈起身出木门解驴身鞍座，台上已渐昏
　　　暗，屋内点有烛火，卞母咳嗽声可闻。卞母出）。

卞母：昆冈！

昆冈：（自木门入院）娘，你叫我？

卞母：快来吃饭吧，你也该歇歇了。

昆冈：来了，娘。

第二幕

布景

　　云冈附近一山溪过道处，有树，有石。因大旱溪涧见
底，远处有凿石声。时上午十时。石工甲乙上。

甲：这天时可受不了！卞老师这是逼着我们做工。

乙：天时倒没有甚么，过了端午也该热了。倒是这老不下雨怎
　　么得了？整整有四个月了，可不是四个月。打二月起，一
　　滴水都没有见过，你看这好好的树都给烧干了！这泉水都
　　见了底了！老话说的"泉水见了底，老百姓该着急"，这
　　年成怕有点儿别扭。息息走吧，这树林里凉快。

甲：息息，息息。啊哟，这满身的汗就不用提了！（坐石
　　上）你抽烟不？（捡石块打火点烟斗）

乙：我说老韩，这几天老卞准是有了心事了。

甲：你怎么知道？

乙：瞧他那样儿就知道。他原先做事不是比谁都做得快，又做得好。瞧他那劲儿！见了人也有说有笑的。这几天他可换了样了，打前儿个家里回来，脸上就显着有心事，做事也没有劲。昨儿个不是把一尊佛像给雕坏了？该做事的时候也不做事，老是一个人走来走去，搔头摸耳的。要没有心事他怎么会凭空变了相儿呢？

甲：对了对了，给你这一说破我也想起来了。昨儿不是吗，我吃了晚饭出来，见他一个人在那块石头上坐着，身子往前撞着，手捧着脸，眼光直呆，像看见又像看不见。我走过去对他说："卞师傅，吃了饭没有？"他不能没听见，可是他还是那愣着，活像是一尊石像。回头我声音嚷高了，我说："喂，卞师傅，怎么了？睡着了还是怎么着？"他这才听见了，像是做梦醒了似的站起来说："老韩，是你吗？"你说得对，要没有心事，他决不能那么愣着。（树林外有弦声，甲乙倾听。）

乙：又是他，又是他！

甲：谁呀？

乙：那弹三弦的老瞎子。谁也不知道他是那（哪）儿来的。他住在那甚么关帝庙前的一间小屋子里。也没有铺盖，也没有甚么，就有他那三弦，早晚出来走道儿，就拿在手里弹。也不使根棍儿，可从来不走错道。有人说他是神仙，有人说他算命准极了，反正他是有点儿怪。

甲：他这不过来了吗？

（瞎子自石边转出，手弹三弦。坐一石上。）

乙：我们问问他，好不好？

甲：问他甚么？

乙：问他——几时下雨。

甲：好，我来问他。（起身行近瞎子）我说老先生，您上这儿
　　来有几时了？

瞎：我来的时候天还下着雪，现在听说石榴花都快开过
　　了——时光是飞快的。

甲：听说您会算命不是？

瞎：谁说的？命会算我，我不会算命。我是个瞎子，我会弹三
　　弦，命——我是不知道的。

甲：（回顾乙）这怎么的？

乙：（走近）别说了，人家还管你叫活神仙呢！街坊那胡老太
　　太不是丢了一个鸡来问你，你说"不丢不丢，鸡在河边
　　走"，后来果然在河边找着了不是？别说了，是瞎子还有
　　不会算命的？咱们也不问别的，就这天老不下雨，庄稼都
　　快完了，劳您驾给算算那（哪）天才下雨？

瞎：甚么？

甲乙：（同）那（哪）天下雨？

瞎：下雨，下雨，下血罢，下雨！

甲乙：（同）您说什么了？（指天）下雪？

瞎：你们说下雨，我说下血，说甚么了！

甲乙：（惊）下血？（指手）

瞎：对呀，下血，下血，下血！

　　（甲乙惊愕，相对无言，卞昆岗与严老敢自左侧转出。见
　　瞎子，稍停步复前）

卞：老韩，他说什么了？

甲乙：（同）我说是谁，是卞老师跟严大哥！

卞：他说甚么了？

乙：我们问他那（哪）天下雨，他不说那（哪）天下雨，倒还
　　罢了，他直说"下血，下血，下血"，他又不往下说，你
　　说这叫人多难受，什么血不血的。

卞：你们知不知道那（哪）天下雨？

甲乙：不知道呀。

卞：还不是的，你们不知道，他怎么能知道？

瞎：对呀，你们不知道我怎么能知道！

甲乙：（怒）你倒是怎么回事，人家好好的请教你，你倒拿人
　　　家开心，活该你瞎眼！

瞎：瞎眼的不是我一个，谁瞎眼谁活该，哈哈。

甲乙：（向卞）卞老师，你说这瞎子讲理不讲理？

卞：得，得，这大热天闹甚么的，你们做工去罢。

甲乙：（怒视瞎子）真不讲理！（同下）

瞎：讲理，这年头还有谁讲理！

卞：得，你也少说话。

瞎：谁还爱说话了罢！他们不问我，我还不说哪！哈哈哈。

严：不管他了，老师，还是说我们的。这边坐坐罢。

　　（卞严就左侧石上坐。瞎子起，摸索至一树下，即倚树坐
　　一石上，三弦横置膝上，作睡状。）

卞：咳！

严：师父有心事，可以让老敢知道不？

卞：不是心事，倒是有点儿——为难。

严：甚么事为难，有用老敢的地方没有？

卞：多谢你的好意，老敢，这事儿不是旁人可以帮忙的。

严：那么你倒是说呀，为甚么了，老是这唉声叹气的？

卞：也不为别的。你是知道我的，老敢。我不是一个随便的
　　人，你是知道的。也不是忘恩负义的人。青娥真是好，我

们夫妻的要好，街坊那（哪）一个不知道？她是产后得病死的，阿明长不到六个月就没有了娘，是我和老太太费了多大的心才把这孩子领大的。

严：阿明真是个好孩子。

卞：阿明今年八岁，我的娘今年六十三。可怜她老人家苦过了一辈子，这几年身体又不见好，阿明又大了，穿的吃的，那（哪）样不叫她老人家费心？咳，也难怪她，也难怪她！……她原先见我想念青娥，她就陪着我出眼泪，她总说："快不要悲伤了，昆冈，这孩子就是青娥的化身，我们只要管好了他，青娥也可以放心了。"后来她看我满没有再娶的意思，她就在说话上绕着弯儿要我明白。咳，我又何尝不明白呢？青娥在着的时候，她好歹有一个帮助，婆媳俩也说得来，谁家婆媳有我们家的要好？青娥一死，一家子的事就全得我娘来管。我又不能常在家，在家也不成，只是添她老人家的累，吃的喝的，都是她。早两年身体还要得，家事也还可以对付。去年冬天的那一病，可至少把她病老了十年，现在走道儿都显着不灵便。她自己也知道，常对我说："昆冈，我是不成的了呢。"我听了她的话我心都碎了。她呀，打头年起，就许我不回家，我要一回家，她就得唠叨。

严：她要你——

卞：可不是。她要我再娶媳妇。我这条心本来是死了的。每回我看着阿明那一双眼睛，青娥就回到了我的眼前。我和青娥是永远没有分离过的，我怎么能想到另娶的念头？可是我的娘呀，她也有她的理由。她说她自己是不中用的了，说不定那（哪）天都可以……可是一份家是不能不管的，阿明虽则机灵，年纪究竟小，还得有人领着，万一她

要有甚么长短，我们这份家交给谁去，她说。她原先说话
是拐着弯儿的，近来她简直急了，敞开了成天成晚地劝
我。"阿明不能没有一个娘，"她说，"你就不看我的面
上，你也得替阿明想想。"她还说："谁家男人有替媳妇
儿守寡的！"她说，"你为青娥守了快八年了，这恩义也
就够厚的了，青娥决不能怪你，你真应得替活着的想想才
是呢。"这些话成天不完地唠叨，你说我怎么受得了？
老敢！

严：真亏你的，师父。我听了都心酸，老太太倒真是可怜，说
的话也不是没有理。本来末（么），死了媳妇儿重娶还有
甚么不对的，现在就看您自己的意思了。您倒是打甚么主
意？

卞：这就是我的为难。说不娶吧，我实在对不住我的娘；说娶
吧，我良心上多少有点儿不舒泰。近来也不知怎么了，也
许是我娘的缘故，也许是我自己甚么，反正说实话，我自
己也有点儿拿把不住了——

严：师父！

卞：（接说）原先我心里就有一个影子，早也是她，晚也是
她。青娥，青娥，她老在我心里耽着。近几天也不知怎
么了，就像青天里起了云，我的心上有点儿不清楚起来
了。我的娘也替我看定了人，你知道不，老敢？

严：是谁呀？

卞：就是——就是我们那街坊李七妹……

严：（诧异）李七妹，不是那寡妇吗？

卞：就是她。

严：她怎么了？

卞：我不在家，她时常过来看看我的娘，陪着她说说笑笑

· 178 ·

的。她是那会说话，爱说话，你知道。原先我见着她，我心里一式儿也没有甚么低哆，可是新近我娘老逼着我要我拿主意，又说七妹怎么的能干，怎么的会服侍，这样长那样短的，说了又说，要我趁早打定了主意。"要不然她那样活鲜鲜的机灵人还怕没有路走，没有人要吗？"我娘说。我起初只是不理会，禁不得我娘早一遍晚一遍的，说得我心上有点儿模糊了。我又想起青娥，这可不能对不住她，我就闭上眼想把她叫回来，见着她甚么邪念都恼不着我。可是你说怎么了，老敢，我心上想起的分明是青娥，要不了半分钟就变了相，变别的还不说，一变就变了她……

严：她是谁？

卞：可不是我们刚才说的那李七妹吗？还有谁？

严：把她赶了去。

卞：赶得去倒好了，我越想赶她越不走，她简直是耽定了的，你说这是怎么回事？

严：您该替阿明想想。

卞：可不是，要不为阿明，我早就依了我娘了。哪家的后母都不能欢喜前房的子女，我看得太寒心了，所以我一望着阿明那孩子，我的心就冷了一半。

严：嗯，还是的！

卞：可是我娘又说，她说李七妹是顶疼阿明的，她决不能亏待他。"有一个娘总比没有娘强！"她说。

严：师父！

卞：怎么了？

严：我也明白您的意思了。您多半儿想要那姓李的。

卞：可是——

严：可是，我说实话，那姓李的不能做阿明的娘，也不配做师
　　父的媳妇。趁早丢了这意思。师父要媳妇，那［哪］儿没
　　有女人，干么非是那颠［癫］狂阴狠的寡——

卞：别这么说，人家也是好好的。

严：好好的，才死男人就搽胭脂粉！

卞：那是她的生性。

严：（诧视）师父，您是糊涂了！

　　（林外一女人唱声）

卞：听，这是甚么？

瞎：（似梦吃）下雨，下雨，下血罢，下雨！

卞：（惊）怎么，他还没有走？

严：他做着梦哪！

　　（唱声双起，渐近。）

卞：（起立）喔，是她！

严：是谁？

卞：可不就是她，李七妹。

严：嗯，是她！

　　（李七妹自右侧入转入，手提水吊，口唱歌）

李：（见卞现惊喜色）哟！我说是谁，这不是卞爷吗？

卞：（起立）喔，李嫂子。

李：（微愠）甚么嫂子不嫂子的，我名字叫七妹，叫我七妹不
　　就得了。

卞：（微窘）你怎么会上这儿来呢？

李：你想不到不是！我告诉你罢，我姑母家就在前边，昨儿她
　　家里有事，把我叫来帮帮忙儿的。这天干得井水都吃不得
　　了，我知道这儿有泉水，我溜踏着想舀点儿清水回去泡一
　　碗好茶吃。谁知道这太阳凶得把这泉水都给烧干了，我说

哟，这怎么的，难道这山水都没了，我就沿着这条泉水一路上来。这一走不要紧，可热坏了我了，我瞅着这儿有树，就赶着想凉快一忽儿再走，谁知道奇巧的碰着了卞爷你！哟，可不是，这里该离大佛寺不远儿了，那不就是您做工的地方么？

卞：不错，就差一里来地了。

李：（看严）这不是——严大哥么？

卞：是他。

李：哟，你好，咱们老没有见了。

严：好您了，李嫂。

李：我说这不是你们正做工的时候，你们怎么有工夫上这儿来歇着。

卞：我们打天亮就做工，到了九十点钟照例息息再做。我们也是怕热，顺道儿下来到树林里坐坐凉快凉快的。您不是要舀水吗？

李：是呀，可是这山溪都见了底了，那（哪）有一滴水？

卞：这一带是早没有了，上去半里地样子还有一个小潭子，本地人把它叫作小龙潭的。多少还有点儿活水，您要水就得上那边儿舀去。

李：可是累死我了，再要我走三两里地，还提留着小吊子，我的胳膊也就完了！

卞：那您坐坐吧，这石头上倒是顶凉的。

李：多谢您了，卞爷！

卞：（看严，严面目严肃）这么着好不好，您一定要水的话，就让严老敢上去替您取吧。

李：（大喜）哟，这怎么使得！严大哥不是一样得累（看严，严不动）！不，多谢您好心，卞爷，我还是自己去罢……

卞：要不然就我去罢。（向李手取水吊）

李：（迟顿）我怎么让您累着，我的卞爷。

卞：咱们跑路惯着的，这点儿算甚么。（取水吊将行，严向卞手取水吊）

严：师父，还是我去。

卞：（略顿）好罢，你去也好。

李：太费事了，严大哥，太劳驾了！

严：（已走几步，忽回头）师父，您还是在这儿耽着，还是您先回去？

卞：（视李）快点儿回来罢，我在这里等着你哪。

（严目注下李月顷，自左侧下）

（卞李互视，微窘，李坐石上）

李：卞爷，您不坐？

卞：我这儿有坐。

李：卞爷，您老太太近来身体远没有从前好了似的？

卞：差远了。

李：阿明那孩子倒是一天一天长大了。

卞：长大了。

李：孩子倒是真机灵。

卞：机灵。

李：奶奶一个人要管他吃管他穿的，累得了么？

卞：顶累的。

李：卞爷！

卞：李——七妹！

李：街坊谁家不说卞爷真是个好人。

卞：我？

李：可不是，您太太真好福气。

卞：死了还有甚么福气？

李：人家只有太太跟老爷守节的，谁家有老爷跟太太守节的——卞爷，您真好！

卞：嗯……

李：真难得，做您太太死了都有福气的……

卞：嗯………

李：可不是，女人就怕男人家心眼儿不专，俗话说的"见面是六月，不见面就是腊月"，谁有您这么热心？

卞：七妹！

李：卞爷！

卞：（顿）您几时回家去？

李：您几时回家去？

卞：我明儿不走后儿走。

李：我那（哪）天都可以走，您带着我一伙儿回去不好吗？上回我跟王三嫂回得家顶晚怪怕人的。有您那么大个儿的在我边儿上，我甚么都不怕了。

卞：老敢该回来了罢。

李：他倒是腿快，卞爷您真有心思，省了我跑，这大热天多累人。回头他回来了，您就陪着我上我姑母家去喝一杯茶不好吗？就在这儿，不远儿的。

卞：我不去罢。

李：那怕甚么的。那家子又没有人，您喝口水再回去做工不好？

卞：嗯……

瞎：（似梦）你们不问我，我还不说哪，谁愿意多嘴多烦的？

（卞李惊现。严提水吊自左侧转上，汗满头面，卞李起

立）

严：来您了！

李：这不太劳驾了，严大哥！（向下）我们走罢。

严：师父，您还上那（哪）儿去，今儿您不该雕完那尊像
么？

卞：我陪着李嫂去去就来，你先回去罢。

（卞自严手接水吊，与李自右侧下。严兀立目注二人，作
沉思状。）

严：糟！

瞎：（擎三弦起立）下雨，下雨，下血罢，下雨！（弹弦自右
侧下，弦声渐远。严兀立不动，幕徐下）

第三幕

布景

卞昆冈家，如第一景。院中置长桌设筵。卞娶李七妹
后，卞母即死，是日为卞生辰，其工友及邻居群集为卞祝
寿。幕升时酒已半酣，卞昆冈居中坐，左七妹，右阿明。外客
严老敢外有石工甲、乙二人，邻居王三嫂及尤某，共八人，分
坐左右，两端右坐严老敢，左坐尤某。

兼起时闹酒声喧，工友甲、乙正劝卞尽杯。七妹默坐
无，偶目注尤某，严老敢觉之，亦镇静，寡言笑。

甲乙：（同）王三嫂，你说对不对，今儿个卞老师非得敞开了
大喝。他们结了婚老太太就故了，咱们也没有得喝一回
闹酒，今儿个可得尽兴地闹一闹哪。这生日也不比往常

的，今日个不乐那（哪）天去乐？王三嫂，卞老师，喝，喝，大家麻俐（利）点儿……直着嗓子，来，我喝个样儿给你们看看！干……干！卞老师，怎么了，怎么了，不干我们可不答应……（卞干杯。）

甲乙：（相视私语）好，第十八杯了！

卞：（醉）喝，喝，还得喝，酒来，酒来！

李：（止之）少喝点儿罢，又该撒酒疯了！

卞：（起立）哈哈，你们听见了没有，她要我少喝点儿，怕我酒疯？我老卞今儿个还是第一天快活，不敞开了喝一个痛快怎么着？老太太在着，她许不让我喝酒，你（指七妹）怎么能不让我喝酒……你不让我喝，我偏喝。来，老韩，给斟上了，满满的。来！大家来！王三嫂，您也来一口罢，大家凑合热闹。尤先生，不要那文绉绉的，也得来一杯。老敢，你怎么了，干坐着发愣，有甚么心事了吗？哈哈哈，来来来，大家来！（喝）干！（合座皆举杯，甲乙欢呼。尤略附和，王三嫂亦醉笑。老敢独喝闷酒，不笑也不语。七妹擎杯不饮，若有所思。阿明注视其父，讶其变常）。又没有酒了！（取酒器给七妹）劳驾太太，再给我们烫一罐来，热热的。（七妹接器起离座，悻悻然，目瞟尤某，入屋内。）阿明，阿明，你奶奶呢？你奶奶呢？

阿明：奶奶？奶奶不是在大佛寺吗？妈妈早死了，爸爸！

卞：死了，娘，我的亲娘，你儿子没有孝顺着你，你老人家怎么的就去了！娘呀！

王三嫂：娘，卞爷，这怎么了，真醉了吗，大喜日子哭甚么了？老太太还不是顶有福气的，你哭甚么了？别，回头七妹又该多心了，咱们今儿个算是替你们贺新房

那，韩大哥，对不对？

甲乙：可不是闹新房来了？咱们且不走那，今晚要闹得你们睡不了觉，您试试，哈哈哈哈！

卞：新房，谁做了新郎了？

甲乙：（互语）他真醉了！谁做了新郎了，这多可乐？卞师傅，你猜猜谁是新郎？哈哈哈！

卞：（惝恍）阿明，我要看你的眼睛，我要看你娘的眼睛，你娘的眼睛。（抱阿明）你们看看，这孩子多美，这双眼睛多美！谁是新郎，倒运的！

（时七妹已取酒就席，听卞言，伫立其旁，卞谛视之，忽笑作媚语）我说是谁，原来是青娥。青娥，我的妹子，我的太太。这是你我的儿子阿明，你瞧有这么大了，多美的个孩子。你不疼他么，你怎么不亲他？

阿明：爸爸，你怎么了，你认错人了，她不是我的娘，她是你的新娘子，我没有娘，我没有娘！（伏卞胸前啼，座客皆惊诧。）

七妹：（愤甚妙甚，冷笑）好儿子，好太太！本来末（么），死骨头都是香的！咱们那（哪）配？

卞：（惝恍）青娥，青娥，你不要骂我，你不要怪我，不是我无情，那是老太太她非得我……她说阿明不能没有娘，好孩子，他这算是有娘了，哈哈哈！（对七妹）青娥，你，你怎么的不说话呀？

李：（厉声）别你妈的活见鬼了！你老娘是活人，不是死鬼，甚么青蛾黄蛾的，你上坟堆里找去，缠不了我！
（离座去枣树左侧，尤走近之，严注视）

尤：（低声）不要在这儿闹。

李：你瞧，这我怎么受得了！也是我倒了霉了！（绕树出木门，尤随之，时座客纷纷劝卞，有私语者，有嚷取茶解酒者。阿明亦离座四望，严在其耳畔密嘱，阿明亦出木门去。）

（卞踉然离座，倚枣树上，老敢缓步行近，以手抚其肩。）

严：师父。（卞不应）师父！

卞：（举头望严，无语，眼含泪。）

严：要茶不？

卞：老敢——

严：我扶您去睡罢。

卞：老敢你——你不要笑我！

严：师父说甚么！

卞：我没有听你的话——

严：师父，耐住点儿。

卞：错了，错了！

严：耐住点儿。

卞：娘呀，我的娘！

严：看老太太分（份）上您也得忍耐。

卞：我不怪你，娘，我怪我自己。是我糊涂，没有听老敢的话……青娥，你一定怪我，笑我，我是活该，活该……可是你也应得可怜我，我知道，打头儿我就知道我是不对的，我的良心并没有死，是我一时的糊涂，现在懊悔也嫌迟，娘，青娥，你们都得可怜我，我……

严：别！师父，客人都走了。（时座客王三嫂及甲乙见卞醉态表示惊讶，相约不别而去，临行向严做手势会意）您也该息息了，这酒喝得太多了。

卞：……可怜我……阿明，我的宝贝。你们放心，我看着

他，我活着就为他，我领着他，疼他，谁都不能欺他，谁
敢我就跟谁拼命，他是我的性命……老敢，你帮着我，这
世界上我再没有亲人，除了我的孩子。你是我的朋友，好
伙计，我知道。（携严手）你一定忠心到底，你是我的
臂膀！

严：放心，师父，老敢不是好惹的，谁敢！咱们明儿回山里
　去，甚么也惹不了咱们。娘们就是那心眼儿小，不用跟她
　们一般儿见识，那（哪）犯得着？

卞：我那阿明呢？（叫）阿明，阿明！

阿明：（自门外奔入，伏卞身上）爸爸，爸爸，我在这儿哪！

卞：（喜）好孩子，好儿子，你上那（哪）儿去了？

阿明：（惊惶状）爸爸！

卞：怎么了？

阿明：（急看木门外）爸爸，他们说着话哪！

卞：他们说着话，谁是他们？

阿明：（迟疑，看严）爸爸你可不许告诉——

卞：告诉谁？

阿明：告诉新妈妈，回头她打我！

卞：傻孩子，爸爸自然不说。他们是谁？

阿明：我新妈妈跟那姓尤的。

卞：她跟那姓尤的？

阿明：是。新妈妈不是骂了爸爸么？她就出去，那姓尤的就跟
　　了去，我也跟了去，他们走到那井边就站住说话了。我
　　呀，爸爸，我就躲在那棵树下，他们没有看见我——

卞：唔，孩子，怎么样？

阿明：他们没有看见我，我想听听他们说甚么话。我心里可真
　　害怕。

卞：你听到他们说甚么了？

阿明：我没有听见。

卞：笨孩子！

阿明：他们是这么曲曲曲曲说话的。两个头碰在一起，谁知道他们说甚么了。

卞：那末（么）你一句也没有听见？

阿明：我就听见提我的名字。

卞：（惊）提你怎么了？

阿明：他们不喜欢我，恨我。我怕，爸爸！

卞：乖孩子，他们不能欺负你，有爹爹哪，还有严叔叔，他是你的好朋友。

阿明：（看严笑）严叔叔好！

卞：他们还说甚么了？

阿明：他们也说爸爸。

卞：说我怎么样？

阿明：他们也不喜欢你，他们恨你，我看他们说话的神儿我就知道。爸爸，你怕不怕？

卞：（沉思有顷）孩子，那姓尤的常来我们家吗？

阿明：我，我不知道……

卞：你知道，怎么不知道，来，告诉你好爸爸，乖。

阿明：我说了新妈妈要打我。

卞：你说罢，有甚么事？全告诉爸爸。

阿明：我告你，你可不能让新妈妈知道。

卞：说罢。爸爸不在家，那姓尤的不时常上咱们家来吗？

阿明：他不来，他白天才不来哪。

卞：难道他晚上来？

阿明：总要天快黑他才来，偷偷的也不像个客人。他一来就在

咱们的门上打两下，新妈妈就着急似的赶出来，不是靠在木门外面就在这树背后站着说话。他们且说那，老说不完。他们先不让我看见，我可早看见了。有时候他们在这里说话，我在外边玩儿了回来，我就偷偷地躲在一边看他们。

卞：他们怎么样？

阿明：他们俩顶要好的，新妈妈跟他且比跟爸爸亲热哪。

卞：他们知道你看见了他们没有？

阿明：他们先不知道，有一天我正想偷偷的进屋子去，给他们看见了，新妈妈就叫我，待我顶好的，那晚上，她后来问我认识那个人不，我说不，实在我早认识的，他还不是那开杂货铺的，白白的脸子，顶讨厌的。妈就告诉我不许我对爸爸说他上咱们家来，说了她不答应我，要打我，我就说我不说，她说好，乖孩子，明儿给你做件新衣服穿，这不就是她给我做的罢，爸爸你看，顶好的！

卞：还有怎么样？

阿明：到明儿我到那杂货铺门前去玩儿，那姓尤的就叫住了我，给了我一包糖，可不好吃，我先不要，他一定要我要，塞在我口袋里。随后他来就不避我了，有时他也到妈屋子里去，见了我就哄我。我可不喜欢他，见了他我心里怪害怕的，我直想对爸爸说，新妈妈可老是吓呵我，不让我言语，我今儿可给说了。爸爸，还是爸爸顶好，我见了新妈妈也真害怕。爸爸不是顶喜欢我的眼睛吗，她呀——

卞：（急）怎么样？

阿明：她可顶不喜欢我的眼睛。

卞：你怎么知道？

阿明：我不知怎么的，我知道她就不喜欢我的眼睛，我知道。

卞：你明儿跟我们到山里去，好不好？

阿明：（喜跳）好极了，爸爸，好极了，爸爸。严叔叔，你们
　　　非得带我去。爸爸老答应我，可老不带我去，我不爱在
　　　家里耽着。我害怕。

卞：为甚么害怕？怕甚么？

阿明：家里没有爸爸，多不好玩儿。我怕新妈妈，她不疼
　　　我，我也害怕那姓尤的。

严：有我哪，你怕甚么的？

阿明：（狂喜）哟，你们听呀！

卞严：听甚么了？

阿明：老周来了？

卞严：谁是老周？

阿明：那弹三弦的。听，那不是他弹着来了！

　　　（三弦清切可闻）音调急促而悲切，三人凝听有顷，卞
　　　严若有所感。

阿明：（跳起）爸爸，我去叫他来好不好？

卞：你怎么认识他？

阿明：唔，他待我顶好的，除了爸爸，就是他待我好。他每天
　　　都得打咱们门口过，弹着三弦，好听极了。我就跟他说
　　　话，他说话顶好玩儿的，讲故事，说笑话给我听，我不
　　　是笑就是哭，哭了他就摸我的手，又说笑话！非得把我
　　　说笑了，爸爸，咱（我）们俩才好哪。他也让我到他那
　　　小屋子里去，好玩极了，甚么都没有的，就是一地的
　　　草。他也让我弄他的三弦，他说他要教我，爸爸，你让
　　　不让我学，有他那么会弹多好玩！

卞：小孩子胡说胡跑的，不许你跟生人乱说话。他要是个拐子呢？

阿明：他不是拐子，他是个好人。有一回新妈妈让他进院子来不知说甚么了，我没有听懂，他也不知道说了些甚么，新妈妈就生气了，把他撵了出去，不许他再来。他倒没有生气，他真是个好人。咱们让他来吧。

（弦声又作，调变凄缓，似已走远。）

卞：别让他来了，他已经走过去了。

阿明：那让我到门口去望望他。

（阿明正开木门，七妹走进，阿明惊，退回卞处。）

阿明：新妈妈回来了！（小语）爸爸，你可别说！

七妹：（悻悻然举目看院内）好，酒鬼倒全溜了！

卞：（厉声）你骂谁！

七妹：（惊）还在哪，我当是全死完了！

卞：（厉声）过来！

七妹：你叫谁？

卞：叫你，叫谁？

七妹：我不是在这儿吗，有甚么说的？

卞：（起立行近，七妹微却步，严携阿明手，阿明作惧态）我明儿一早回山里去！

七妹：我没有留你！

卞：（声和缓）你——你得好好的替我看家。

七妹：谁偷了你的！

卞：一个人得有良心，我没有待亏你。（声哑）

七妹：这有甚么说的。

卞：你知道我一生的宝贝就是阿明。当初我娶你也就为了他。我娘说小孩儿非得有个母亲，又说你怎么的能干，会

当心人，我才娶你的。

七妹：好，你不娶我，我怕没有饭吃了罢！

卞：（高声）你听我说。你已嫁了我，就得守我们的家规。我们家虽是穷，可是清白。老太太的勤俭你是知道的。你现在是我们家主妇，是阿明的娘，你听着了没有？是阿明的娘，我把我的家，我的孩子交付给你，你的责任可不是轻的。我不常在家，你得替我看好了家，看好了我的孩子。要有甚么差池，哼，女人，我可不能跟你干休！

七妹：哟，你这话多好听！倒像是我败了你的门风，害了你的孩子似的！好，要我看好了这样，看好了那样，我可受不了。你要不放心，你自个儿看去，我，我才不来管你妈的宝贝！（急步进屋）

（卞怒极，握拳露齿，严与阿明趋拥之。）

严：得，师父，跟娘们有甚么说的。天快晚了，咱们溜踏溜踏去。（挽卞手同出木门去，阿明独留台上，张顾左右，欲随去，复止，欲进屋，复止。）

阿明：我害怕！

（三弦声忽作，近在门际，阿明喜跃起，趋门，见瞎子立门外，露笑容。）

阿明：喔，老周！

瞎子：他们呢！

阿明：全跑了！

瞎子：好孩子，跟我来吧。

（阿明回头探望，悄悄出门随去。同下。三弦声复作。）

（台上空有顷。李七妹自屋内出，见无人，趋木门外望，口作吁响，尤自屋右侧转出。）

李：进来罢，没有人。

（尤进门，二人作亲昵状，同至台左侧。）

尤：可别惹那姓严的，他那凶相儿可怕。

李：你明儿晚上来罢，他天亮就走。

尤：小心，那小孩儿没有说甚么话吧。

李：我恨极了那小架种了，我们非得收拾他那双眼睛，我就恨毒了他那双眼睛！你说的那个东西别忘了！

尤：下得了手罢？

李：怕甚么的，又没有破绽，咱们也好敞开了玩儿。

尤：（涎脸）你让我敞开了玩儿！（李笑披其颊，幕下。）

第四幕

布景

卞昆冈家内景。左侧一门，垂有布帘。设备简朴，一壁悬佛及观音像。一壁供卞母灵位。桌登而外靠左侧有一小榻，上铺布被。右侧门外即前幕庭院。壁角杂置石作刀锯器具。

幕启时七妹独坐右门侧缝衣，频转眼望左门，面有得意色，间发冷笑，忽起趋左侧揭门帘探身内窥，复归坐，微唱，户外有剥啄声，七妹微惊，急起驰出，偕尤某同人。

七妹：谁让你这时候来的？叫他给碰着了又该我倒霉。

尤：我知道他不在家。

李：你怎么知道？

尤：今儿早上我看他们师徒俩骑着驴往西边去的。

李：你知道他们上那（哪）儿去的？

尤：求那老道去了。

李：那（哪）一个老道，你怎么知道？

尤：就是西山脚下火神庙里修行的老道，会治病的。昨天我在
茶馆里听见村东那姓陈的对姓严的说让老卞去试试那老
道，又说非得一早去，迟了老道就不在家。又说他灵着
哪，甚么疑难急症大夫治不了他全能治，他有的是古怪的
秘方。今儿我起一个大早，果然见他们俩奔丧似的跑了
去。（四顾）唉，那小的呢？

李：（口咬向左屋）在里面。

尤：咱们说话他听得见吗？

李：我才看过，正睡着哪。昨晚那疯子哭了一宵，那小的也
哭，哼，哭死也哭不活那妈的乌珠子，倒闹得我一宵也没
有睡好。说是，倒有你的，那东西真见效！

尤：敢情，咱们动手的事儿没有错儿。他疑心不？

李：谁疑心？

尤：你说的那疯子？

李：他是粗心大眼的，就是急，简直是疯了，可不是，这几天
他压根儿没有吃一碗饭！他那疯劲儿可受不了，也算是
我活该倒霉，你瞧，我这儿一个疤（指颈根左侧）可不
是，这事我还没有告诉你哪。

尤：（抚其颈）粥粥！真的有一个血印子，那是怎么来的？

李：他生日那天不大发酒疯吗？要不为那次发疯，当着众人
面叫我下不来，我还不下毒手哪！那晚上更可笑了。我
气极了，晚饭也没有吃就上床睡了，他回来自个儿弄的
饭吃。后来他也来睡了，还来黏着我，我直没有理他。
好，到了半夜，你说怎么着，他又见鬼：打头儿先是
青鹅白鹅的胡叫，一忽儿手伸来了，直摸我这儿，嘴
里说"让我亲亲你那小多多儿，让我亲亲你那小多多

儿"……你说是甚么，还是老太太告诉我的，他的前妻的颈子上长这么一颗黑痣，他管它叫小多多儿。我没睡着，直不言语，他老摸，摸来摸去的，小多多儿摸不着，倒摸得我怪痒痒的。我再也耐不住，我就骂。一骂他也醒了，一醒他就恨，本来他是恨极了我的，就拉着我使他那狗牙狠命这么一咬，妈呀，差点儿一块肉都叫他咬掉了，直痛了我好几天，你说多气人！本来你那东西弄了来我还有点心软，让他这么一疯，好，我再不给他颜色看怎么着！

尤：敢情你有理！可是当初谁叫你嫁他的？

李：（脸红）甚么当初不当初的？你拿着这小拐枝干甚么了？

尤：（笑）哟，我倒忘了，这是我送你们家的节礼！

李：甚么哟？

尤：你家出了一个小瞎子，走道儿不用得着它吗？我还是亲手做的哪。

李：（笑）小鬼倒真会……哟，甚么了（听。携尤同趋左门揭帘内窥，复轻步走回右侧）

尤：睡得着着哪。老七，你说咱们这事情不碍罢？

李：他倒是容易对付，疯一阵，痴一阵，也就完了。倒是那姓严的，你别看他长相粗，他有时心眼儿倒是细。打头儿我就不敢正眼望着他。他对那姓卞的倒真是忠心，比狗还忠心，单说这几天为了那小鬼，连他都急得出了性了。前儿个有天他带（逮）住了我——

尤：怎么了？

李：没有甚么，他没有敢明说，他仿佛是替他师父来求着我，说他是个好人，全村子都看重他，他这份家现在全得靠我，小孩没有亲娘也是怪可怜，这个那个的说了一大

篇。他说话都抖着的，听得我心直跳，就像他早知道咱们要来玩一手似的，你说怪不怪？咱们第一得防着他。我看他也注意你，你没有觉着生日那天老望着你么？

尤：不错，那姓严的是讨厌，我见他也有点慌。他那两只大眼睛直瞅着你，甚么都叫他看透了似的。他们这回回来怎么了？

李：这回回来自然忙着那乌珠子。甚么法儿都试到了。前儿个也不如听了谁的，拿一个甚么，那长长毛的刺猬，活着的，就这么手拿住用刀拉出那皮里的油，说可以擦得好。又一回更腻了，我想着都腻，姓严的去街上捉了一个小黑狗，拿他活剥了皮，血呀，拉拖了一地，那狗要死不死刮淋淋的叫，才叫得人难受，就拿这活狗身上剥下来的皮给塞着那孩子的脑袋上，说这样甚么眼病都治得好。

尤：有效没有呢？

李：有效？有效还不错哪。白糟蹋了一条狗命，多造孽。你说老道能治吗？

尤：老道，嘿！老仙爷老佛爷都治不了！

李：这家子我的日子可也过不了了。

尤：咱们再想法子，干了小的再十老的——

李：吁，你听，这不是驴铃儿响吗？你快去罢！

尤：（仓皇出门）明儿晚上——

李：去吧！（尤下，七仍坐原处缝衣）

（铃声渐及门，卞严同上。卞面目憔悴，衣服不整，严较镇定，然亦风尘满身。）

卞：（入室喘息有顷，周视室内）怎么了？

李：（冷）甚么怎么了？

卞：阿明怎么了？

李：我知道他怎么了！

卞：（厉声）他上那（哪）儿去了？

阿明：（七未答，阿明自内室）爸爸，我在这儿睡着哪。

严：他睡着哪。

卞：（音慈和而颜色凄惶）你睡着哪，好孩子，你爸爸出去替你弄药回来了。（急步入内室）孩子！

（严挺立室中，目送卞入内室，复注视七妹有顷，移步近之。七妹缝衣不辍。）

严：（郑重）师母！

李：（惊震，举头强笑）哟，老敢，你也回来了，你们上那（哪）儿去了？

严：山里去——为阿明求治。我说师母，不是我放肆说句话，做人不能太没有心——太没有情……

李：（强笑）哟，这怎么了？

严：我是个粗人，我也没有家，我一辈子就敬重卞师父一个人，为了他的事情，我老敢甚么时候说拼命就拼命。可怜他运气是够坏的，死了太太，又死了老太太。阿明是他的性命，偏偏又是这怪事的眼睛出了毛病，说不定这眼睛就治不回来，我怕很难……

李：可不是，你们也算尽了心了，甚么法儿都试到了，他还是不见效，那有甚么法儿想呢？

严：真可恨，也不知怎么会有这怪事儿的，总不能是有人暗地里害（声沉着）他罢，为甚么好好的眼睛忽然的坏了呢？（目注七）

李：（低头）真是，也不知怎么了，你们上回离家的那天都还是好好的不是？你说有人算计他………

严：唔……

李：别是那老瞎子罢，有人说瞎子要收徒弟就想法子挑聪明的孩子给弄瞎了，他们为了自己就顾不得人家，阿明那孩子生相也怪，他就爱跟那老瞎子说话玩儿，谁家孩子都不能跟瞎子亲热不是？

严：快别这么说，那老周是好人，他跟这家子又没有仇又没有恨，他那（哪）会下这样阴险的毒手？

李：哟，这谁知道，常言说的人不可以貌相，我就最讨厌那班走江湖的。………可不是么，他初来的时候，我还让他上咱们家算命来着，他打头儿说话就有点儿怪，他说甚么丧门白虎，年内一定见血甚么一死的儿胡话，我听气极了，就把他撵了出去，准是他记恨了。偏偏阿明那孩子一听着他那倒运的三弦，就非得跑出去跟他胡扯，我看他准有点儿嫌疑。

严：天有报应，谁造孽谁受报，王法到不了的时候自有天条，也用不着咱们胡冤枉人的。倒是老师他，我看是太可怜了。他本来是最敬佛爷的，这回他简直是痛伤了心，阿明要是不好，他，他就此发了疯都说不定！原来他过庙总是要拜庙的，今儿到山里去，他对着火神爷十地直骂，他说他一辈子亲手造了好几处庙，亲手雕了不知道多儿个的佛像，又是逢山拜山，见庙进香的，谁想好处不见，反而家里出了这希（稀）奇的事情，他怎么能不怨，他怎么能不恨？不说别的，你不看他这几天简直连饭都不吃，晚上觉都不睡，眼睛里直冒火，说话声音都是发抖的，人家说话有时他都听不真，师母你又是这燥（躁）脾气，没有得好脸子给他看。可是除了你，师母，还有谁能帮着他一点。我怕我们再不想法子舒疼舒疼他，他要再有甚么长短，师母……

李：（低头不语有顷，微露焦躁。）我明白你的意思，老严，可是这话你别用跟我说，单瞧他疯劲儿，谁受得了他的，我是受够的了！

严：那你……

（卞自内室出）

严：（转向卞）怎么了？

卞：那符我给化在水里给他吃了。

严：你没有忘了那小包朱砂吧？

卞：没有忘，你进去看看他去。

（严入内室。卞行至佛像前，握拳做愤怒态，继低头似自艾，复至灵位前，对遗像凝视，摇头未感。忽转身冷笑，七妹惊顾。）

卞：（指灵位）怎么，老太太这儿茶都不用供了！活人你不管也罢了，连故世人的面前你都不该尽一点心么？（七不语）阿明，多活灵的一个孩子，我交在你的手里，好好的一双眼睛，怎么会出这怪病，我不在家，你可在家。（愤）我不问你问谁！（七不语）我这辈子就有这一个孩子，又是这双眼睛（悲），这双眼睛，叫我怎么能不心痛？（七不语）老太太，娘呀！你想不到罢，你去了不到几个月，我们家就变成了这个样儿，一杯茶水都没有人管。（七不语）还有阿明，我也无非顾着您的意思，算是有了一个娘，多少可以看着他一点，唉！娘，他眼睛都快瞎了！（七不语）好，你没得话说，你也该惭愧了罢，女人！阿明的眼睛要是好不了，哼，你看着罢！

（卞诉说时七表情由羞转怒，正欲发作，严自内室出，七逡巡出门去。）

严：师父，阿明说他眼睛不痛了，他要到外间来。

卞：（喜）怎么，不痛了！好，你扶着他出来。

　　（严复入挚阿明出，阿明眼上包有白布，一手拉严手，一
　　手向前扪索，卞感情激动。）

阿明：爸爸！

卞：孩子，怎么了？严叔叔说你现在眼珠子不痛了，真的呀？

阿明：是不痛了，爸爸。

卞：脑袋也不昏了？

阿明：不昏了，我现在顶快活的，我一定会得好的。（略
　　顿）爸爸！

卞：（蹲伏把阿明手）孩子怎么着？

阿明：爸爸，你不要难过，你难过我更难过，爸爸！

卞：孩子！

阿明：我眼睛是一定会好的，爸爸。爸爸最爱我的眼睛，我
　　知道。

卞：孩子！

阿明：爸爸，你放心，我的眼睛一定不能有毛病，我要是没有
　　这眼睛，爸爸你也不疼我了，那我还不如死了哪。

卞：亲孩子！

阿明：爸爸你也不用跟新妈妈打架。新妈妈不在屋子里么？

卞：她才出去，不在屋子里。只要你乖乖的好了，爸爸自然不
　　难过，回头我让严叔叔买糖给你吃。

严：准是那老道的符有点儿道理，怎么吃了那符水一阵子就不
　　痛了呢？

卞：也许佛爷保佑。我们把他包的布去了看看好不好？

严：去了包布好不好，阿明？

阿明：好，去了试试，这回我一定看得见了，这回打你们回来
　　我就没有见过你们。快去了罢，爸爸。

（卞严合蹲侍一边，卞解去布缚，手发震。）

阿明：怎么爸爸你发着抖哪？

　　　（布已解去，阿明双目紧闭，卞严疑喜参半。）

卞严：（同）阿明！你慢慢的睁开试试！

　　　（阿明，徐张眼，光鲜如故，卞狂喜）

卞严：（同）阿明，你看见我们不？

阿明：（微蹙）我——见。

　　　（但眼虽张而瞳发呆，卞严相视。卞以手指划阿明眼
　　　前，不瞬。）

卞：你真的见吗？

阿明：不——我会见的，爸爸。

卞：那你现在还看不见？

阿明：我——见。

　　　（卞跳起，趋室一边，倚壁上）

卞：明儿，你见我不？

阿明：（循声音方向举手指）你在那里，爸爸。

卞：（复乐观）老敢，你知道，他初睁开，近的瞧不见，远的
　　许看得见。

严：这许是的，你再试试他。

　　　（卞空手举起）

卞：阿明！

阿明：（现笑容）爸爸！

卞：我手里拿着甚么东西？

　　　（阿明略顿）

严：你爸爸现在手里拿着甚么东西，你看不看见？

阿明：（微窘）我看——见。

卞：那你说呀，我手里是甚么？

阿明：（似悟）一根棍子！

卞：（极苦痛）天呀！（更不能自持，抱头伏墙泣。严亦失望。阿明仓皇，伸手向空摸索。）

阿明：爸爸，爸爸，别结（急），别结（急）！（幕下）

第五幕

景如上幕

幕启时合上全黑，惟左侧内屋有油灯光，屋外有风雨声，院内大枣树乌（鸣）咽作响。风雨稍止，院外木门有剥啄声，七妹自左侧内室驰出，偕尤同上。

尤：喔，好大雨！我全湿了。

李：怎么早不来，我还当你不来了哪。

尤：我还有不来的！

李：快脱了你的笨鞋，再进我屋子里去，糊脏的！（摸一椅使坐）

尤：（坐脱鞋）脱了鞋又没有拖鞋。

李：房里有他的鞋，你正穿，就这穿着袜子进去罢。

尤：那小的睡了罢？

李：早睡着了。他就睡在这榻上。

尤：疯子几时回来？

李：还说哪，他明儿一早就回来，你今晚不到天亮就得走！

尤：不走怎么着？

李：别胡扯了，快进去罢！

（尤七同进房，油灯亦灭。风声又作。月光射入，正照阿

明睡榻。房中有猥亵笑语声，阿明惊醒，起坐呼唤。）

阿明：妈，妈妈！（声止）妈妈你睡着了？（复睡下。亵声复作，阿明疾坐起。）妈妈，你那儿是谁呀？是谁跟你说着话哪？别是爸爸回来了罢？是爸爸回来怎么没有来看我？我晓得了，我瞎了眼，爸爸也不疼我了，我早知道他不疼我了！妈妈，妈妈，我怕，我害怕，我甚么也看不见！（屋外风怒号）

这风多可怕，像是有好多人喊救命哪。妈妈，你怎么也不答应我，我才听见你说话的，我又不是做梦。妈妈，爸爸！妈妈，爸爸！我怕呀，我怕！（睡下取被蒙头有顷，亵声复作，复坐起，举手摸索啜泣。忽抬头睁眼，目光炯然，似有决心，潜取衣披上，摸索床头得杖，移步及门，手触帘，作闯入状，复止，转步摸索出右门去。目光转暗，风势复狂。）

李：（自左室内）别闹了，不早了，趁早走罢！

（尤自室内出。扪索而行）。

尤：这多黑，天还没有亮就赶人走！（及门）摸着了，我走了，啊。

（尤出门，即遭狠击。）

尤：啊呀！（扑击声）

李：（自内惊问）怎么了？

尤：哼，是你啊，小鬼！

李：（已出房）谁？

光：（气喘）那小王八，小坏蛋，小瞎子，他，他想打我哪…不要紧，我已经带（逮）住了他了……你再凶，试试，好，好胆子，想干你的老子！

阿明：（嘶声，极微弱，似将毙然）爸爸！

李：（亦在门边）把他带进屋子去！

　　（尤七共拽阿明入内，时天已黎明，屋内有光，隐约可辨，户外风拂树梢，作呜咽声。）

尤：（喘息）小鬼，你凶！

李：别掐他了……呀，怎么了，阿明，阿明！不好了，死了！

尤：诈死吧，那（哪）有这么容易，我又没有使多大的劲。

李：阿明，阿明！你摸摸，气都没了，这怎么办？

尤：死了也活该，谁让他黑心要害人？

李：你倒说得容易。这事情闹大了，怎么好？疯子一回来，我们还有命么？

尤：别急，咱们想个主意。

李：你害了我了……

尤：别闹。咱们把他给埋了，就说他自个儿跑了好不好？

李：不成，他们找不着他还得问咱们要人。

尤：咒他妈的，咱们趁此走了不好么？

李：上那（哪）儿去？

尤：赶大同上火车到北京去，不就完了？

李：你能走么？

尤：还有甚么不能的！快吧，迟了他们回来。你东西也不用拿，我有点儿钱，我们逃了命再说罢。

李：（指阿明）他呢？

尤：还管他哪，让他躺着罢，自然有他老子来买棺材给他睡。天不早了，我们走罢。

　　（尤拽七踉跄奔出，天已渐明，阿明横卧地上不动，三弦声忽起，阿明苏醒，强支起，手扪喉际，面上有血印污泥。）

阿明：爸爸，爸爸！你来罢！你怎么不来啊！（复倒卧）

瞎：（扪索入门）我早知道这家子该倒运，我早知道！阿
　　明，阿明，你在那（哪）儿哪？（枚触阿明）
　　这是甚么？阿明！（俯身摸之）可怜的孩子！凶恶的神
　　道，要清白的小羔羊去祭祀——这回可牺牲着了！（坐地
　　下，抱阿明头，置膝上，抚其胸）阿明，阿明，你有话趁
　　早对我说罢。麻雀儿噪得厉害，太阳都该上来了。昨晚上
　　刮了一宵的大风，一路上全是香味：杀人的香味，好淫
　　的香味，种种罪恶的香味。可怜的小羔羊，可怜的小羔
　　羊！醒罢，阿明。

阿明：（微笑）是你呀，老周！

瞎：除了我还有谁，孩子。

阿明：你是怎么来的？

瞎：我听见小羊的叫声，我闻着罪恶的香味。

阿明：你说的甚么话？

瞎：下雨，下雨，这回可真下了血了。

阿明：你说的甚么话？

瞎：你爸爸几时回来？

阿明：他今天回来，也许就快回来。

瞎：你觉着痛不？

阿明：我觉得倦，可是我很快活，有你来陪着我。

瞎：你有甚么话对你爸爸说，孩子？

阿明：对他说，我爱他，好爸爸，对他说，我想替他杀那个
　　人，可是我气力小，打不过他。对他说我见了我的亲
　　妈，我的眼一定看得见了。对他说，我要见他，可是我
　　倦极了要睡了。对他说，我——爱——他——好——
　　爸——爸……

瞎：还有甚么说的，孩子，慢点儿睡。

现代名家经典文库

阿明：（音渐低）我——也——爱——你——老——周。

我——想——听——你——弹——听——你——

唱——我——要——睡——了……

瞎：（取三弦调之）好，我唱给你听。（弹三弦，曲终阿明现

笑容，渐瞑目死。）歌：

我是天空里的一片云，

偶尔投影在你的波心——

你不必讶异，

更无须欢喜——

在转瞬间消灭了踪影。

你我相逢在黑暗的海上，

你有你的，我有我的，方向；

你记得也好，

最好你忘掉，

在这交会时互放的光亮！

瞎：阿明，阿明！（抚其头面，及胸。）去了，好孩子！

（抱置怀中）张目前望。若有听见，（面有喜色）再会

罢，孩子！（户外闻急骤铃声）最后的人回来了。

（卞严入室，见状惊愕，木立不动。）

瞎：（自语）走的走了，去的去了，来的又来了……

卞：（走近）阿明，阿明！

瞎：他不会答应了。

（卞疾驰至内室，复驰出，听瞎子自语，立定，严见尤所

遗雨鞋，捡起察看，点头似悟。）

瞎：我闻着罪恶的香味，我听见小羊的叫声！走的走了，去的

去了，来的又来了。

卞：（张眼作疯状，严伸手欲前扶持之，复止）哈哈！我明白了！

（卞握拳露齿，狞目回顾，见壁间佛像，径取摔地上，复趋灵案前，伏案跪下。）

（长号）妈呀！（踉跄起立，双手抱头，行至阿明横卧处，伏地狂吻之。）阿明，阿明，我的亲孩子！（复起立。狂笑）哈哈——哈哈——哈哈……

（自语）走的走了，去的去了，来的又来了（忽示决心，疾驰出门）。

严：（卞狂叫时木立不动，似有所思，见卞出，惊叫）师父，不忙，还有我哪！

卞：（复入，立开口）老敢！（严未应，卞复驰出。严随出。户外有巨声。）

瞎：好的，又去了一个！

（严回入室，手抱头悲痛，忽抬头。趋壁角捡得利刀，环顾室内，疾驰出门。）

瞎：好的，报仇！好的，报仇！血，还得流血！（抚阿明）好好睡罢，孩子，没有事了！（取三弦弹，幕徐下。）